Diogenes Taschenbuch 22848

de
te
be

Georg Hensel

Griechenland für Anfänger

Eine Bildungsreise für Ungebildete

Mit Zeichnungen von Godi Hofmann

Diogenes

Die Erstausgabe
erschien 1960 im Diogenes Verlag
Der Text wurde vom Autor
für die Taschenbuchausgabe 1996
überarbeitet

Veröffentlicht als Diogenes Taschenbuch, 1996

www.diogenes.ch
30/01/36/2
ISBN 3 257 22848 1

Inhalt

GRIECHENLAND
FÜR
ANFÄNGER
KLASSISCHE
BILDUNGS-
REISE
FÜR
UNGEBILDETE
SALONIKI
DELPHI
THEBEN
PATRAS
KORINTH
ATHEN
MYKENE
OLYMPIA
EPIDAUROS
NAUPLIA
TRIPOLIS
SPARTA
KRETA

Vor dem Kauf dieses Buches wird gewarnt

Selbst der Anfänger in der Kunst des Reisens hat eine Menge verschiedenartiger Gründe, nach Italien, Frankreich, Spanien oder in die Schweiz zu fahren. Nach Griechenland zu reisen, hat er jedoch nur einen einzigen Grund: die Stätten des klassischen Altertums.

In Italien kann man sich beispielsweise ausschließlich dem Strandleben und der Bräunung seiner Haut widmen, in Frankreich kann man den größten Teil des Tages vor Cafés und in Brasserien verbringen, in Spanien kann man sich zwischen Bodega und Stierkampfarena häuslich einrichten, und in der Schweiz kann man bis zur totalen Erschöpfung seiner Gesundheit frönen. Dies alles mit dem besten Gewissen, und ohne ein historisches Trümmergrundstück, eine Kathedrale oder eine Gemäldegalerie zu besuchen.

Nach Griechenland aber ist es weit, und anderswo badet man genauso schön, lebt man ebenso gesund und ißt man mit ziemlicher Sicherheit besser. Wer nach Griechenland fährt, reist in die Antike. Es sei denn, er kennt die Griechen, er liebt ihre bäuerliche Einfachheit und ihre überwältigende Gastfreundschaft – aber dann ist er schon kein Anfänger mehr.

Griechenland für Anfänger: Das ist der dumpfe Drang, mythische Provinzen aufzusuchen, göttliche Schauer zu verspüren und gymnasiale Rückstände durch Anschauung aufzufrischen. Nichts ist jedoch geeigneter, die Verwirrung antiker Begriffe, die in einem gesunden Kopf herrscht, ins Ungemessene zu steigern, als eine Reise nach Griechenland. Denn unermüdlich ist man dort bemüht, dem Fremden nicht nur alle Details, die er glücklicherweise vergessen hat, wieder ins Gedächtnis zu rufen, nein, man überschüttet ihn auch noch mit so vielen neuen Einzelheiten, daß er, verwirrter als je zuvor und bar jeder klärenden Ordnung, das Land verläßt, fest entschlossen, die Sache mit der Antike nun aber endgültig aufzugeben. Aus dem tatenfrohen Anfänger ist ein resignierter Aufhörer geworden.

Der Verfasser, ein Anfänger aus Leidenschaft, gesteht schamlos seine Absicht, andere Anfänger in Weitermacher zu verwandeln. Er muß deshalb verlangen, daß seine Leser gewisse Voraussetzungen erfüllen. So ist eine natürliche Unkenntnis erwünscht, wenn auch nicht Bedingung; im Notfall genügt die übliche Begriffsverwirrung. Angenehm wäre eine gesunde Abneigung dagegen, belehrt zu werden. Auch sollten dem Leser von

Hause aus göttliche Schauer nicht so leicht den Rücken herunterrieseln.

Dafür verspricht der Verfasser, daß er einseitig und subjektiv sein, streng unwissenschaftlich vorgehen und seine Neigung zu gelegentlichen Frechheiten nicht unterdrücken wird. Selbst vor profanen praktischen Bemerkungen wird er angesichts kultischer Denkmäler nicht zurückschrecken.

Um Überfütterung zu vermeiden, beschränkt er sich auf die Route, der kein Anfänger entgeht, sei er so individualistisch wie er will: Athen (Aufenthalt), Korinth, Nafplion (Aufenthalt, Abstecher nach Mykenä und Epidauros), Tripolis (Abstecher nach Sparta), Olympia (Aufenthalt), Patras, Delphi (Aufenthalt), Theben, Athen (nochmals Aufenthalt).

Von den unzähligen mythischen Geschichten, die man erzählen könnte, beschränkt er sich auf eine einzige: die Geschichte der Atriden, der gräßlichsten Familie der Welt. Sie beginnt in Olympia, führt über Mykenä und Delphi nach Athen, wo sie, zum Theaterstück verarbeitet, uraufgeführt worden ist. Sie führt zugleich von der mythischen Vorzeit zum Beginn des modernen Rechtsstaates. Wer ihr in Griechenland einmal mit den Augen nachgegangen ist, der ist kein Anfänger mehr. Er hat eine Schlüsselgeschichte gesehen. Mit ihr andere Schlösser aufzuschließen wird dem Fortgeschrittenen überlassen. Geschichte wird hier durch Geschichten von einer Anfänger-Reise erzählt.

Kurz: Die Antike wird als kulinarische Angelegenheit betrachtet und nicht als Abschlußfeier am humanistischen Gymnasium. Ein ernsthafter Vorwurf wäre, daß auch kulinarische Genüsse nicht ganz ohne Nährwert sind. Der Verfasser hat nichts dagegen, wenn ihm dieser Vorwurf gemacht wird.

Dialog mit einem intelligenten Barbaren

Auf der Höhe von Belgrad faltete er seine Zeitungen energisch zusammen, stopfte sie in das Netz des Vordersitzes neben die unappetitlich braune Tüte für die Folgen der Luftkrankheit und fragte mich völlig unerwartet, ob ich einen Scotch mit ihm trinken wolle.

Ich blieb dabei, diese Frage niemals zu verneinen, obwohl ich mir einen angenehmeren Partner leicht vorstellen konnte. Wir waren vom Frankfurter Flughafen nach Athen unterwegs, und er hatte noch nicht den geringsten Versuch gemacht, aus dem Fenster zu blicken; nur Zeitungen gelesen, Wirtschaft, Anzeigen, Politik, genau in dieser Reihenfolge, und alles andere überschlagen. Nicht neugierig auf die Steiermark von oben, auf die Konkurrenz der Gletschergipfel und der Eisbergwolken, er hatte andere Konkurrenzen im Kopf – ein Gewohnheitsflugpassagier, die Arme offenbar bis zu den Achselhöhlen in Geschäften.

Das jugoslawische Bergland sah mittlerweile wie ein verrostetes Waschbrett aus, kahl und trocken. Nur in den Tälern dürftiges Buschwerk, löcherig, als seien die

Motten dringewesen. Eine Wellenwüste und gelegentlich ein brauner Schlammfluß. Es gab nicht mehr viel zu sehen, und ich setzte mich für das unvermeidliche Gespräch zurecht.

»Was wollen Sie in Griechenland?«

»Die deutsche Standarderöffnung«, sagte ich, »die Frage nach dem Beruf. In Griechenland fragen die Leute zuerst nach der Familie.«

Er nahm es nicht übel. »Wäre Ihnen die griechische Frage lieber?«

»Zu beantworten nicht«, sagte ich, »aber die Frage ist trotzdem hübscher.«

»Sie wollen also nicht antworten«, sagte er. »Dann werde ich es tun.« Und er erzählte mir, er sei zum ersten Mal seit Kriegsende nicht in Geschäften unterwegs. Er habe es satt, sich von seiner Frau auf den Arm nehmen zu lassen. Sie nämlich sei das, was man ›gebildet‹ nenne. Er verlor sich die nächsten fünfzig Kilometer über ihre Vorzüge und die folgenden hundert über ihre Nachteile: daß sie es ihn merken lasse, wie wenig gebildet er selber sei. Er nämlich habe zwar Geld, und er halte das für keine Schande, seine Frau übrigens auch nicht, aber er habe auch das, was seine Frau ›die falschen Assoziationen‹ nenne.

Ich ließ mir das näher erklären.

»Das ist ganz einfach«, sagte er. »Wenn meine Frau ›Olympia‹ sagt, dann denke ich an Sport. Wenn sie ›Hippodrom‹ sagt, denke ich an ein Etablissement auf der Reeperbahn. Wenn sie ›Apollon‹ sagt, habe ich ein Varieté in Düsseldorf vor mir, und wenn sie ›Heiligtum‹ sagt, fällt mir die letzte Fußballreportage ein, das Tor wird ja kaum mehr anders genannt.«

Allmählich fing er an, mir zu gefallen. Einer jener Leute, die in Deutschland nach dem Krieg die Positionen besetzt haben, in denen größere Gelder gemacht und höhere Beträge von den Steuern abgesetzt werden. Der Typ des intelligenten Barbaren, aber durchaus fähig, mit fröhlicher Schamlosigkeit darüber zu reden und sich über sich selbst gelassen und nicht ohne Humor zu verbreiten.

»Und was suchen Sie jetzt in Griechenland?« fragte ich.

»Natürlich die richtigen Assoziationen«, sagte er. »Wenn ich nach dieser Reise ›Sparta‹ höre, dann will ich an die Hautcreme erst in zweiter Linie denken.«

Ich hütete mich, ihn zu fragen, was er sich davon verspreche: Schließlich ist ein Glas Scotch keine Eintrittskarte in die intimsten interfamiliären Machtkämpfe.

Er aber genierte sich gar nicht. Er quetschte mich aus über Griechenland. Wo ich ihn auch traf, stellte er die härtesten Fragen, voraussetzungslos und auf genaue Auskünfte erpicht. Nennen wir ihn also Bollmann.

Oft brachte Bollmann mich und auch meine Bücher in arge Verlegenheit, aber ich schüttelte ihn nicht ab. Wer zugibt, daß er Apollon zunächst einmal für ein Varieté hält, hat mindestens soviel, wahrscheinlich aber mehr Anspruch darauf, ernstgenommen zu werden, als einer, der bei ›Apollon‹ verzückt die Augen schließt und tut, als seien zweieinhalbtausend Jahre Geschichte für ihn wie ein Tag und als habe er Apoll im Blut wie einst die Priester der Pythia, von denen wir nicht einmal genau wissen, was sie im Sinn hatten.

Die Stewardess nahm die Gläser weg, und als ich jetzt durch das Fenster blickte, war es wie ein Schlag auf die Augen: die Bucht von Saloniki, die Geometrie des Hafens, die das Meer wie mit einem Messer abschneidet, das Blau der Ägäis – ohne das Mittelmeer wüßte kein Mensch in Europa, was das eigentlich für eine Farbe ist: azur. Ein schmaler Streifen Badezimmergrün am Ufer, aus violettem Kräuselkrepp die Wolkenschatten, und die Schiffe, streichholzlang, ziehen Schleppnetze aus weißem Schaum hinter sich her.

Bollmann zupfte die Karte aus dem Baedeker und verglich den Umriß der Halbinsel Kassandra. Wahrscheinlich kontrollierte er, ob die Natur auch alles nach Vorschrift der Karte eingerichtet hatte. Er grinste befriedigt: stimmt, saubere Arbeit.

»Gucken Sie mal durch das Fenster gegenüber«, schlug ich ihm vor, »und verschaffen Sie sich die erste richtige Assoziation: Der Schneegipfel ist der Olymp, der Sitz der Götter.«

»Wie hoch haben sie gesessen?« fragte er.

»Auf der Karte steht zweitausendneunhundertsiebzehn Meter.«

»Wir fliegen höher«, sagte er und lachte zum ersten Mal richtig. »Die Höhe der Götter liegt unter uns.«

»Das ist ein weitverbreiteter Irrtum«, sagte ich, und dann wollte er wissen, was das mit den Göttern auf sich habe, und weshalb die Intellektuellen mit Griechenland ein solches Geschrei machten. Er wollte es sofort wissen, und möglichst sollte die Erklärung nicht länger als fünf Minuten in Anspruch nehmen.

Ich konnte es ihm natürlich nicht sagen, aber trotzdem nicht verhindern, daß ich mich mit Bruchstücken einer Antwort herumärgerte, während wir uns über das milde Grün der nördlichen Sporaden schoben, die ihre Aufgabe, sporadisch aufzutreten, getreulich erfüllten. Der Clipper schien kaum vorwärtszukommen; nur sein Schatten, der unten wie ein Pfeil durch die Meerenge zwischen den Inseln glitt, zeigte die Reisegeschwindigkeit an. Plötzlich wußte ich selbst nicht mehr genau, was ich eigentlich hier wollte. Da saß dieser intelligente Barbar und hatte mich schon mundtot gemacht mit einem uralten Trick: Er hatte mir eine dieser simplen Fragen gestellt, auf die es nur derart komplizierte Antworten gibt, daß man am besten gar nichts mehr sagt.

Antike in fünf Minuten

Griechenland – sie haben es das Europa Europas genannt, nicht nur, weil es als eine lächerlich kleine Halbinsel zerzipfelt und zerklüftet an Europa klebt wie Europa an Asien, sondern vor allem, weil dort unten in diesen winzigen Talnestern, in diesen küstennahen Städtchen und in dieser strahlendblauen Waschschüssel von einem Provinzgewässer zwischen Griechenland und Kleinasien fast alles angefangen hat, was wir heute so leichtfertig und großkotzig Europa nennen. Dort unten hatten sie an raffiniert abgestuften Ausdrücken für das blinde Schicksal, für das zugeteilte Los, für das unentrinnbare Verhängnis wahrhaftig keinen Mangel, und doch wuchs daraus eine ganz unfatalistische Ethik, von der wir heute noch zehren: Verantwortung und Freiheit, Pflichten gegen den Staat und Rechte der Bürger – nicht viel mehr als ihren Umriß, diesen immerhin aber skizzierten sie zum erstenmal in den Flugsand der Geschichte.

Sie bevölkerten den Olymp mit einem derart menschlichen Sortiment von Göttern, daß die Operettenwitze absolut unvermeidlich blieben, aber Goethe hatte doch wohl recht, als er schrieb: »Der Sinn und das Bestreben der Griechen ist, den Menschen zu vergöttern, nicht die Gottheit zu vermenschen«, und die Anteilnahme der Götter am Schicksal der Menschen war ein Schlag gegen die dunklen orientalischen Schicksalsmächte.

Zweitausend Jahre lang waren die Statuen Asiens und Afrikas starr geblieben; die Griechen lehrten sie in zwei Jahrhunderten die Anmut der Bewegung – gleichgültig, ob den Plastikern unserer Tage dieser ›Naturalismus‹ gefällt oder nicht, die Griechen spreizten der Säule die Beine und setzten den einen Fuß vor; sie bliesen der triumphierenden Siegesgöttin das Gewand so dicht auf den Leib, daß das Fleisch wichtiger wurde als Sieg, Triumph und Göttin, und sie gruben schließlich den individuellen

Charakter in die steinernen Gesichter. Einmal mußte dies getan werden, darüber täuscht auch die sympathische Verwandtschaft mykenischer Kleinplastiken mit Picasso nicht hinweg. Ihre Bildwerke waren religiös, aber die Kunst im heutigen, im autonomen Sinne schimmerte schon durch den Marmor.

Sie erfanden den Menschen, so wie wir ihn heute verstehen, und sie rückten ihn in den Mittelpunkt der Welt zur Freude aller Humanisten. Zur Freude der Naturwissenschaftler aber wußten schon die Pythagoräer, daß die Erde eine Kugel ist; sie nahmen an, daß sie in vierundzwanzig Stunden zwar nicht die Sonne, immerhin aber ein Zentralfeuer umkreise, und damit machten sie den Menschen wieder zum Provinzler im Weltenraum.

Babylonier und Assyrer haben die Bahn der Gestirne vermessen und in ihre religiösen Vorstellungen eingepaßt, die Ionier aber trieben die Götter und Dämonen aus den Gestirnbahnen hinaus, vermaßen sie ohne religiösen Affekt und begründeten die reine Wissenschaft. Andererseits entdeckten die Pythagoräer die irrationalen Zahlen und hielten sie geheim, als seien sie keine Wissenschaftler, sondern Priester, denn sie wollten die maßvolle Ordnung ihres eigenen Weltbildes nicht selbst zerstören. Von solchen Rücksichten weiß sich die moderne Wissenschaft zum Kummer mancher ihrer Vertreter völlig frei.

Diese Griechen – wie der Embryo im Mutterleib die Entwicklungsstufen des Menschen vom Kiemenatmer aufwärts noch einmal rasch rekapituliert, so nahmen sie in einer rasenden Entwicklung im Prinzip alles vorweg, was zu zweitausend Jahren europäischer Geschichte wurde. »Sie haben der ganzen Menschheit vorgedacht; die tiefsten und kühnsten, die frömmsten und die frechsten Gedanken über Götter, Welt und Menschenwesen haben ihren Ursprung in Griechenland.« So drückte es Erwin Rohde aus.

Was sie auch taten, dachten, glaubten, sie brachten auch das Gegenteil zuwege – immer in dieser erfinderischen, begnadeten und selbstkritischen Unruhe, in der der europäische Geist sich selber begreift bis auf den heutigen Tag. Sie brachten – Hybris hin, Hybris her – den Menschen auf die ihm erreichbare Höhe der Götter: in einem anderen Sinne freilich, als dies ein wackerer Clipper jemals vermag.

Akropolis von oben und von unten

Bollmann stieß mich in die Rippen; eine seiner Angewohnheiten aus der Zeit, bevor er ans große Geld gekommen war. »Worüber denken Sie nach?« fragte er.

»Über Ihre Fünf-Minuten-Antwort«, sagte ich, »aber ich bin noch längst nicht damit fertig.«

»Sehen Sie mal nach unten!« sagte er. »Wir sind über Athen, ich sehe das erste Stadion, es ist natürlich keineswegs klassisch, es ist ein Fußballplatz.«

Es war ein Fußballplatz, und es kamen noch mehr von dieser Sorte. Dann kam die Akropolis. Ich wollte es zuerst nicht glauben und war nahe daran, die Stewardess zu fragen, die gerade darüber wachte, daß sich jeder für die Landung anschnallte. Aber es gab keinen Zweifel: Da standen der Parthenon, das Erechtheion und die Propyläen – ein unaufgeräumter Steinbaukasten, leer, ungeheuer leer.

Was wollte ich hier? Ich hatte diese Frage Bollmanns nicht beantwortet, weil ich selbst keine Antwort wußte. Antike? Die gibt es in Museen, in London, Paris und Berlin. Die gibt es in den bescheidensten Bibliotheken. Griechischer Geist? Nur ein anderes Wort für Geist überhaupt. Den gibt es überall dort, wo man nach ihm sucht.

»Nun«, brummte Bollmann gemütlich, »wie ist Ihr erster Eindruck von der Akropolis?«

»Sie fragen wie ein Amerikaner«, sagte ich, »aber Sie sollen's trotzdem wissen: respektvollste Enttäuschung.« Bollmann lachte. »Meinen Eindruck kann ich auch nur wie ein Amerikaner ausdrücken: very dead – ungemein tot. Wieviel Einwohner hatte Griechenland in seiner besten Zeit?«

»Im fünften Jahrhundert vor Christus drei bis höchstens vier Millionen, schätzt man.«

»Und wieviel hat Athen heute?«

»Mit den Vorstädten rund zwei Millionen.«

»Das ist ja auch ganz schön«, tröstete Bollmann. »Sieht aber von oben aus wie mindestens fünf Millionen.«

»Das kommt von den vielen einstöckigen Häusern«, sagte ich. »Hochhäuser sind nur dort erlaubt, wo sie nicht den Blick auf die Akropolis versperren.«

Die Stadt räkelt sich, flach an den Boden gedrückt, in der Sonne. An den Rändern quillt sie die Berge hoch, nur das Meer schneidet ihr im Piräus eine scharfe, blaue Kontur. Der Clipper läßt die Stadt hinter sich und macht über dem saronischen Golf eine komplette Kehrtwendung: Der Flughafen Ellinikon liegt unmittelbar an der Küste, die Rollbahn wird vom Meer aus angeflogen. Ich stelle die Uhr eine Stunde vor: osteuropäische Zeit.

Auf dem Weg zur Stadt sehe ich die Akropolis zum zweitenmal: hochgestemmt von einem Felsklotz, eine zierliche Reihe rötlich leuchtender Säulen. Das muß man von unten betrachten, es gehört sich einfach nicht, aus der Höhe des Olymps in sie hineinzusehen.

»Die Akropolis von oben bleibt leer«, sagte ich. »Das ist die Rache der griechischen Götter, sie haben immer den größten Wert auf menschliche Verhältnisse gelegt.«

Bollmann meinte: »Dieser Ikarus wollte doch sogar zur Sonne fliegen, und sagen Sie nur nicht, er ist ja auch abgestürzt. Ich glaube, Sie sind doch ein Romantiker.« Ich hatte gerade keine Lust, ihm zu widersprechen.

Der Süden zieht in das Gehirn des Mitteleuropäers am raschesten und intensivsten durch die Nase ein. Der Weg zur Akropolis über die Straße der Athene ist eine wilde Geruchsorgie: Fische, Schalentiere, Ziegenkäse, Muskat und frischer Mörtel. Der Geruch harft sich durch die Häuserblocks, durch die Textilgeschäfte bis in die parallele Äolos-Straße, die zum Turm der Winde führt, den man den Turm der Düfte nennen sollte.

Vor die Burg der Götter haben die Menschen den Preisgesang auf das Essen gebaut. An den Ladentüren hängen die dicken Knoblauchschnüre über den grüngedrechselten Artischockenknäufen, den Säcken mit frischen Kartoffeln aus Kreta, den lockeren Blätterpyramiden des Salats, dem gelbroten Kugelspiel der Orangen, den fleckigen Neumonden der Bananen, dem bleichen Käse und den tristen Hammelkeulen.

Die Straßenhändler schreien die Herrlichkeiten ihrer fahrbaren Vitrinen aus: geröstete Mandeln, Kichererbsen, Sonnenblumenkerne und gesalzene Pistazien von der Insel Ägina. Die Kioske haben sich mit den internationalen Illustrierten, Magazinen und Taschenbuchreihen eingepanzert, und an ihren Sehschlitzen stehen schnurrbärtige Männer mitten im Gewühl des Gehsteigs und telefonieren mit ihren Freundinnen. Fliegende Reparaturwerkstätten für Brillen und Feuerzeuge. Aufgeregte Herren breiten Bündel von Pullovern auf der Fahrbahn aus und verhökern sie minutenschnell. Kinder verkaufen Plastiksäcke und lassen sie, um ihre hauchzarte Schönheit zu zeigen, im Winde blähen. Losverkäufer schwenken die Chancen für den kleinen Mann an Stangen wie Fahnen über die Menge. Ein religiös Verzückter hat beide Arme zum Himmel geworfen und singt. Über all diese Köpfe den Blick ein wenig gehoben: die Akropolis, Herrscherin noch über diese Stadt.

Im übrigen dürfte sie sich schon in ihrer Frühzeit an solches Treiben gewöhnt haben.

Eine breite, asphaltierte Chaussee windet sich den Berg hinauf bis kurz vor den Eingang zur Akropolis. Limonaden, Postkarten, imitierte Amphoren und Lekythen. Aus den Pullman-Bussen wälzen sich die zähflüssigen Ströme der Touristen. Geblümte Kleider und keine Strümpfe: Engländerinnen. Heruntergerollte Söckchen und das Hirtentäschchen aus dem Andenkenladen über der linken Schulter: Deutsche, weiblich. Ein filmisches Labor auf beide Hüften und das Gesäß verteilt und die Optik für den Weitblick vor der Brust: Deutsche, männlich, oder auch Schweizer. Die Zigarette oder ein breites ›Hai!‹ zwischen den Lippen: Amerikanerinnen. Zurückhaltende Blonde, die aussehen wie nettere Deutsche: Skandinavier. Der Rest ist nicht so leicht zu unterscheiden.

Bollmann und ich steigen zusammen die hohen Stufen hoch, Samt-Tritt, pentelischer Marmor, den Kopf ins Genick: aha, die Propyläen. Hindurch, und dann kommt gewachsener Fels. Die perikleischen Sklaven haben Querrinnen hineingegraben, damit die Opfertiere nicht rutschen. Jetzt sind sie zweckdienlich für die Herde der Touristen, die Weisheit von den Lippen der Fremdenführer weiden.

Aber dies alles ist nun nicht mehr wichtig: Da steht er, wuchtig und leicht, gewaltig und heiter, der Parthenon. Bollmann sagt nichts, ich sage nichts, es gibt auch nichts zu sagen. Das ist mit und ohne archäologische Kenntnisse mehr als eine Schweigeminute wert.

Der Marmor, plötzlich von der Sonne voll getroffen, leuchtet auf, und es ist, als käme das Licht aus dem Kern der Säulen.

In diesem Augenblick brach Bollmann in die Knie. Er lag vor dem Parthenon, sein Hut eierte, vom Wind getrieben, über ein paar ionische Kapitelle. Ich muß gestehen: Ich war doch ein wenig betroffen – ausgerechnet dieser smarte Mann!

Er stieß einen Schrei aus wie der geblendete Ödipus, und dann rief er verzückt: »Diese Kamille!« Er zupfte rasch ein Kamillensträußchen vom Boden, rieb eine der kleinen gelben Blüten zwischen Daumen und Zeigefinger und schnüffelte den Duft hoch wie ein Rauschgiftsüchtiger.

»Bei dieser Qualität«, sagte er, während er aufstand und sich die Hosenknie abklopfte, »muß man zugreifen. Sie müssen nämlich wissen, ich beschaffe so allerlei Grünes für pharmazeutische Fabriken. Griechische Kamille – das hat mir gerade noch gefehlt!«

»Nachbar«, sagte ich, »Eure Assoziationen!«

»Die sind schon richtig«, sagte Bollmann, »Akropolis – das bedeutet bei mir ab sofort: Kamillen-Import.«

Zwischenruf: Wohin in Athen?

Nach meiner Rückkehr aus Griechenland fragte mich ein welterfahrener Schriftsteller, ob die anspruchsvolleren Hotels in Athen noch immer ihre Eisenbetten den Tag über in den Hof transportieren und mit Petroleum abwaschen, um für die feiner empfindenden Gäste die Wanzenplage wenigstens in gewissen Grenzen zu halten. Er war kurz nach dem Ersten Weltkrieg zum letzten Mal in Griechenland gewesen und hatte den Peloponnes noch vom Schiff aus und auf Eselsrücken bereist – er sprach von der mythischen Vorzeit des Tourismus in Hellas. Eselsrücken werden von Touristen heute nur noch zum Jux benutzt, und das sicherheitshalber mitgenommene DDT-Pulver versteckt man schamhaft im Koffer unter der schmutzigen Wäsche, um kein neugieriges Zimmermädchen zu beleidigen.

In Athen kann man ebenso luxuriös und langweilig wohnen wie in jeder anderen europäischen Kapitale. Ich wohne in der Straße des Sophokles, und der Frühstücksbalkon ist an das sechste Stockwerk über dem Theaterplatz angeklebt. Aber natürlich haben auch hier die Straßennamen nichts mit dem Gesicht der Straßen zu tun. In der Sophokles-Gasse schreit eine rumpelnde Straßenbahn nach Schmieröl, und auf dem Theaterplatz stauen sich die Marktkarren.

Es ist kein sehr vornehmes, aber ein sehr lautes, grellbuntes, herrliches Viertel, rund um den Markt, seine Halle und seine Stände auf der Straße.

Zur raschen Orientierung ist hier zweierlei nötig: ein Stadtplan und die Kenntnis der griechischen Buchstaben.

Der Anfänger in Athen prägt sich zwei Plätze und fünf Straßen ein, dann kann er, und sollte er taubstumm sein, nicht mehr verlorengehen. Omonia-Platz und Syntagma-Platz, verbunden durch zwei parallel laufende Prunkstraßen, die Venizelos- und die Stadiou-Straße. Vom Omonia-Platz wiederum laufen parallel zwei enge, aber mit Läden vollgestopfte Straßen auf die Akropolis zu: die Athena- und die Äolos-Straße. Wer, begleitet von einer Frau, diese Straßen benutzt, um zur Akropolis zu bummeln, der muß die Burg der Götter allein besuchen: Seine Begleiterin geht in den Läden verlustig, sie prüft Schafwollteppiche, Pantoffeln, Pullover, Schuhe und Kleider. Diese beiden Straßen überqueren die Hermes-Straße, die wiederum zum Syntagma-Platz führt. Dieses Straßendreieck im Kopf erspart Fragen in einer Sprache, bei der schon verwunderlich ist, daß sie von den Einwohnern so perfekt beherrscht wird.

Erleichtert wird die Orientierung durch zwei fast überall in der Stadt sichtbare Berge: den stumpfen Kegel der Akropolis und den spitzen Kegel des Lykabettos, um den ein modernes Viertel mit Hochhäusern gebaut wird. Hier allein sind Hochhäuser erlaubt, da sie nur hier die Sicht auf die Akropolis nicht versperren können.

Athen ist eine junge Stadt, Hauptstadt des freien Griechenland erst seit 1834. Die repräsentativen Bauten, zum großen Teil unter König Otto I., dem ehemaligen Prinzen Otto von Bayern, errichtet, sind neuhellenisch: Wäre die Klassik der Antike nicht in der Nähe, so könnte man diesen Klassizismus deutscher und österreichischer Baumeister mit einigem Respekt betrachten.

Bummeln wir lieber durch die Altstadt. Sie wird ›Plaka‹ genannt, ist erbaut in einem kuriosen griechisch-türkisch-bayrischen Mischstil und liegt am Nordabhang der Akropolis, von der man hier nur die Stützmauer sieht. Der Duft frischgerösteten Kaffees zieht durch die engen Gassen mit den niedrigen Häusern und den versteckten Innenhöfen. Fische werden neben elektrischen Kühlschränken feilgeboten, und an den Ladentüren baumeln Schuhe aller Größen und jeder Qualität an langen Schnüren. Im offenen Fenster einer Taverne rotiert ein Hammel am Spieß: Die Altstadt bereitet sich auf das Nachtleben vor.

Die Plaka ist berühmt durch ihre Tavernen, und die Tavernen sind berühmt durch ihr Essen und ihre Musik. Von den Tavernen gibt es die bekannten zwei Sorten: für die Fremden und für die Einheimischen. In den Touristen-Tavernen ist das Essen so verwaschen wie die Musik des schmerzlichen Salonorchesters. Schubweise dringen Bus-Besatzungen ein, betrachten sich die mitternächtliche Floor-Show, einschließlich Striptease. In den schäbigeren Tavernen für die Einheimischen gibt es kein Programm und kein Salonorchester; statt dessen rehabilitiert sich hier die griechische Küche.

Die weitere Besichtigung Athens darf der Initiative des Anfängers und seinen Baedeker-Gelüsten überlassen bleiben. Wer sich's allein nicht zutraut, der suche sich in der Stadiou-Straße ein passendes Reisebüro aus. Diese Reisebüros veranstalten auch eine Unmenge der verschiedenartigsten Rundreisen – bis zu fünf Tagen – mit Bussen durch Griechenland, auch Schiffsreisen auf die Inseln.

Bei der Auswahl denke man daran, daß man unbedingt Zeit braucht für Mykenä und Epidauros (das bedeutet: in Nafplion, früher Nauplia, muß Aufenthalt mit Übernachtung sein), für Olympia und für Delphi. Was man sonst an berühmten Orten im Kopf hat – wie Eleusis, Theben, Korinth, Sparta –, ist dagegen von geringer Wichtigkeit, und es genügt durchaus, wenn es unterwegs als Zugabe mit einundeinemhalben Blick genossen wird.

Die Griechen beherrschen die hohe Kunst, durch lässige Improvisation schließlich das gleiche zu erreichen, was andere nur durch strenge Planung vermögen. Geschriebene Gutscheine, mit dem düsteren Ausdruck ›Voucher‹ bezeichnet, verloren rapide ihre Gültigkeit, aber das mündliche Versprechen steht in hohem Ansehen und wurde im Endeffekt stets gehalten.

Der Hochmut des Einzelreisenden verliert angesichts der Pullman-Busse und der amüsanten internationalen Gesellschaft, die man darin antrifft, vieles von seiner Berechtigung. »Woher kommen diese wundervollen Busse?« ist eine der Dauerfragen der technisch verwöhnten Amerikaner, und auf die Antwort: »Sie kommen aus Deutschland«, erfolgt prompt der Ausruf: »Oh, that's why they are so well made!« Welches Kompliment dem reisenden Landsmann, der für die vorzüglichen Eigenschaften der Busse nicht verantwortlich ist, die Brust vor Stolz erheblich bläht.

Eine solche mehrtägige Busfahrt ist einigermaßen strapaziös: Der Reisende wird mit antiken Restbeständen genudelt, bis er, leicht irren Blicks, anfängt, die Beine hübscher Mädchen mit dorischen, ionischen oder gar korinthischen Säulen zu verwechseln. Aber man kann auch Sonderabkommen treffen, Rundfahrten miteinander kombinieren, Ruhetage einlegen. Das ist nicht ganz einfach, doch es geht.

Zum Bus gehört der Führer, der meist nur Englisch oder Französisch spricht. Der Altphilologe hat es schwer: Meist hat er so eifrig klassisches Griechisch gelernt, daß ihn in Griechenland kein Mensch versteht, und so nachlässig Englisch, daß er wiederum keinen Griechen versteht, der im angelsächsischen Idiom eifrig um ihn bemüht ist. Auf diese Weise plötzlich sprachlos, rächt er sich zuweilen im Bus, indem er dem staunenden internationalen Publikum plötzlich Homer im Original vorträgt. Die Luft der heiligen Haine erzittert von Gymnasiastenwitzen ›Dreidreiacht, bei Chäronea Schlacht, dreidreidrei, bei Issos Keilerei‹ und ›In der Unterprima hatten wir einen in Griechisch...‹ Hold errötende Landeskinder, die Pausanias ›Paffsanias‹ aussprechen, mit dem Akzent auf dem ›i‹, werden streng belehrt, daß ihre Vorfahren da aber ganz anderer Ansicht gewesen seien; und auch Gegenhinweise darauf, daß Perikles nicht auf Tonband gesprochen habe und deshalb mancherlei Phonetisches unklar sei, fruchten nichts.

Von den Reiseführern aber wird der Deutsche geliebt: Ihm wenigstens braucht man nicht wie den Angelsachsen und Franzosen die Götternamen in ihrer römischen Version zu erklären; er weiß, wer Zeus und Athene gewesen sind, und er bedarf der Stützen durch Jupiter und Minerva nicht.

Der Individualist, der auf jegliche Führung verzichtet und allein über die klassischen Trümmergrundstücke stolpert, beraubt sich um ein ironisches Vergnügen: die Rückverwandlung des Mythos in Familientratsch.

Welch ungeheurer, imaginativer Kraft hat es einmal bedurft, die Machtkämpfe alter und neuer Gottesvorstellungen in faßbaren verwandtschaftlichen Beziehungen auszudrücken – die Reiseführerinnen, diese Stewardessen durch die Antike, servieren sie wieder wie Klatschgeschichten aus der Nachbarschaft, trinkfertig, Zucker schon drin, Umrühren nicht mehr notwendig. Aber sie wissen eine Menge mehr als sie erzählen, und wenn man sie fragt, stellt sich heraus, daß sie sich ihrer unterhaltsamen Untertreibungen durchaus bewußt sind: Bescheidener kann niemand von seinen zu allem Stolz berechtigenden Vorfahren reden.

Olympia: Mit Betrug fängt es an

Die berühmteste, literarisch folgenreichste der mythischen Familiengeschichten ist die der Atriden. Zweieinhalbtausend Jahre lang hält sie von Aischylos bis Jean-Paul Sartre die Dramatiker in Atem. Sie hat der Bühne mehr Stoff geliefert, als dies sonst irgend jemand von sich behaupten könnte. Eine saubere Verwandtschaft: Bestünde sie aus Menschen und würde sie mit unseren Moralbegriffen gemessen, so säße diese Blase von Verwandtenmördern lebenslänglich oder in den Todeszellen. Es ist die gräßlichste Familie der Welt: jeder Verfluchte ein Mörder, jeder Mörder ein Rächer, jeder Rächer ein Mörder, jeder Mörder ein Verfluchter.

Hätte es diese Atriden freilich nicht gegeben, so besäßen wir möglicherweise heute noch nicht das moralische Maß, mit dem wir ihre und die Verbrechen unserer eigenen Zeit messen; am Ende ihrer Geschichte stehen der Tod der Blutrache und die Geburt des Gesetzes. Oder das Ende – wenn die Mythenforscher recht haben – der mutterrechtlichen und der Beginn der vaterrechtlichen Ordnung. Die Familiengeschichte der Atriden illustriert die für das Abendland folgenschwerste vorchristliche Revolution der religiösen Fundamente von Recht und Sitte. Grund genug, die Blutspur der Atriden zu verfolgen: Sie führt von Olympia über Mykenä und Delphi nach Athen.

An Olympia vermag der Sportsfreund nicht ohne Rührung zu denken: Von hier, vom Jahre 776 vor Christus, als zum erstenmal die Namen der Sieger im Wettstreit aufgezeichnet wurden, leitet er seine Leidenschaft und die schöne Illusion der völkerverbindenden Kraft des Sports ab. Belehrungen darüber, daß hier kein Sport getrieben, sondern dem höchsten Gott Zeus zu Ehren in unmittelbarer Nachbarschaft seines Tempels alle vier Jahre religiöse Wettkämpfe dargebracht wurden, bleibt er gewöhnlich unzugänglich und weist zum Kummer des Antikenschwärmers rüde darauf hin, daß der religiös beflügelte Amateurismus schon mit dem Peloponnesischen Krieg (431 bis 404 vor Christus) zu Ende gegangen und durch Schaukämpfe der Profis ersetzt worden ist.

Der körpergewaltige Herakles, der freilich, wie der Sportler zugeben muß, ohne die intelligente Athene als Managerin auch nur eine Art erfolgloser Catcher geblieben wäre, hat den Heiligen Bezirk in Olympia für seinen Vater Zeus persönlich abgesteckt. Dieser Bezirk, die Altis, ist heute, wie viele griechische Ausgrabungsstätten, nicht viel mehr als ein grobsortiertes Feld von Tempelresten und Säulentrümmern, die den Grundriß der einstigen Gebäude markieren.

Wie das einmal in der klassischen Zeit ausgesehen hat, als die Tempel noch standen, die Schatzhäuser, die Trainingshallen, das Hotel Leonidas und vor allem diese Dauerausstellung bemalter Statuen von Göttern und Athleten – dies sich vorzustellen ist auch mit Hilfe der Archäologen und der Historiker nur unzulänglich möglich.

Am schönsten ist es hier in der Mittagsstille, wenn die Touristen auf der Sonnenterrasse ihres Hotels Kaffee trinken und die Bulldozer nicht mehr lärmen. Ich sitze auf einer der gewaltigen Säulentrommeln des Zeus-Tempels: kein Marmor, es ist dunkelgrauer Muschelkalk. Mehr als zehn Meter hoch waren diese Säulen einmal, zwanzig Meter hoch der ganze Tempel, in dem Zeus thronte, von Phidias aus Gold und Elfenbein geschaffen, die geflügelte Siegesgöttin auf der rechten Hand. Der Parthenon-Tempel auf der Akropolis, der ungefähr so groß ist, muß damals mit seiner Marmoreleganz neben diesem väterlichen Muschelkalkbau wie ein Damensalon der Athene gewirkt haben.

Eine Eidechse mit grüngesprenkelter brauner Haut pumpt Atem in der Sonne: Ihre dürren Langfinger spreizen sich über die jahrtausendealten versteinerten Muscheln, ihr langer Schuppenschwanz zuckt, sie verschwindet im fetten Klee, zwischen dem Adonisblut des Mohns und den gelben Kuhblumen. Ein paar Säulen liegen noch genauso, wie sie bei dem Erdbeben im sechsten Jahrhundert nach Christus gestürzt sind. Damals trat der Kladeos über die Ufer, jetzt ein breites Flußbett mit viel Sand und Kieselsteinen, in denen sich ein vielverzweigtes, schmutziges Rinnsal verliert. Damals kam die Erde vom Kronos-Hügel herunter und deckte das Trümmerfeld meterhoch zu – er ist jetzt ein freundlicher grüner Kegel, auf dem die Aleppo-Kiefern ihre pinseligen Nadelbüschel schütteln. In dem Geviert der Säulenstümpfe, die die ehemalige Palästra markieren, blühen die Mandelbäume.

Ich bummle zum Museum hinüber, an dem modernen Marmoraltar vorbei, von dem für unsere Olympischen Spiele das Feuer geholt wird, ein Altar von staunenswerter Bescheidenheit, ja Dürftigkeit. Im Museum sind neben vielen anderen Herrlichkeiten die verbliebenen

Reste von den Giebeln des Zeus-Tempels aufgebaut. Der Ostgiebel zeigt die Vorbereitungen zu jenem sagenhaften Wagenrennen, auf das die Olympischen Spiele zurückgeführt werden, und hier beginnt die Blutspur der Atriden.

Die gräßlichste Familie der Welt

Die Atriden führen ihre Abstammung auf Zeus zurück. Tantalos, ein Sohn des Zeus, schlachtete seinen eigenen Sohn, den Pelops, und setzte ihn den Göttern zum Essen vor – er war nur mal neugierig, ob die Götter wirklich allwissend seien. Sie waren es, und Tantalos wurde zu den bekannten Qualen verurteilt. Den Pelops machten sie wieder lebendig, und hier, in Olympia, besiegte er den Fürsten Oinomaos im Wagenrennen und gewann damit dessen Tochter zur Frau.

Ein fairer Sport war dies nicht. Oinomaos hatte die

garantiert schnelleren, weil von seinem Vater, dem Gott Ares, geschenkten Pferde und außerdem die Angewohnheit, den Verlierer beim Überholen aufzuspießen. Pelops aber bestach den Wagenlenker seines Gegners, die Räder mit Wachs statt mit Eisenstiften zu befestigen, und so wurde Oinomaos zu Tode geschleift. Den Wagenlenker aber stürzte Pelops von einem Felsen ins Meer. Sterbend hatte der freilich noch Atem genug, den Pelops und sein Geschlecht zu verfluchen, und Atreus hieß der also verfluchte Sohn des Pelops, von dem die Atriden ihren Namen haben. Der Peloponnes hat seinen Namen von Pelops – die Insel des Pelops – und wird folglich von den feineren Leuten *die* Peloponnes genannt.

Die wichtigsten Personen dieses Dramas – Zeus, die beiden Gegner, die zwei Frauen und der Wagenlenker – sind auf dem Giebel dargestellt: zur Warnung, heißt es, für die olympischen Kämpfer, auf solche schmutzigen Tricks zu verzichten. So unmöglich ist diese Deutung nicht: Die Plastiken stammen aus der Mitte des fünften Jahrhunderts vor Christus, aus der Zeit, die den archaischen Greueln und Betrügereien die strengen Regeln des dem Gott geweihten Wettkampfes abgezwungen hatte. Olympia in seiner besten Zeit – das war Gesetz und göttlich begründeter Friede bei den Kämpfen. Wer es den Historikern nicht glauben will, der mag es in der beherrschten Kraft der Plastiken und in der grünen Fülle der milden Landschaft Olympias spüren.

Atreus aber und sein Bruder Thyestes ermordeten einen Stiefbruder, den Lieblingssohn ihres Vaters Pelops. Verflucht und vertrieben von ihrem Vater, zogen sie in die Argolis, wo nach weiteren verwickelten gegenseitigen Kinderschlächtereien Agamemnon, der Sohn des Atreus, in Mykenä als König residierte.

So wird die Reise von Olympia, das zwar an die Stammväter der Atriden erinnert, aber die archaischen Verhältnisse längst überwunden hat, nach Mykenä, das von den Atriden beherrscht wurde, zu einer Fahrt in die dunkle Vergangenheit der Fluch- und Rachezeiten.

Nichts bereitet darauf besser vor als eine Nacht in dem Bett eines Hotels selbst erster Güte: Das Bett ist in Griechenland offenbar eine spartanische Erfindung und hat die Aufgabe, den Zivilisten für das rauhe Feldlager zu ertüchtigen.

Zwischenruf: Was ißt und trinkt man?

Das Essen in den Hotels – es läßt sich nicht verschweigen – ist eine eher bedauerliche Veranstaltung. Die griechischen Hotels haben den falschen Ehrgeiz, die französische Küche zu imitieren, und wer könnte schon so gut kochen wie die Franzosen?! Die Franzosen selbst können es nur selten. Das beste am Hotelessen sind die aus falscher Bescheidenheit nur selten angebotenen bäuerlichen Spezialgerichte des Landes, die Hammelgerichte, die Oliven, die Fische, der Käse und der Wein.

Dem freilich, der die Innereien des Hammels schätzt, werden scharfe Genüsse geboten: Eingewickelt in Hammeldärme, werden sie als dicke Walze über dem offenen Feuer am Spieß gedreht – an vielen Straßenecken, und dem Mutigen schneidet man gern eine Scheibe ab.

Der Knabberer kann Zähne und Gaumen auf die phantasievollste Weise beschäftigen. Schon die vorzüglichen Frühstückskringel, ›Kuluria‹ genannt, sind mit Sesam versehen, und was sich auch immer an Kernen knacken läßt, es wird auf der Straße und in den Lokalen verkauft und geknackt. Sonnenblumen- und Kürbiskerne, Mandeln und Kichererbsen, und vor allem Pistazien, die jeder Postkarten- und Schwammverkäufer noch nebenbei, in Zellophan eingewickelt, mit Elan und zu Überpreisen verhökert.

Die besten und teuersten Pistazien kommen von der Insel Ägina, wo man sie – bei einem Eintagesbesuch – auch am billigsten einkauft. Diese Pistazien mit den Fingernägeln zu öffnen und gedankenvoll in den Mund zu schieben ist ein Gesellschaftsspiel, dem man sich, hat man sich erst daran gewöhnt, auch alleine hingibt.

Der fleißige Tourist, der seinen Bildungshunger mit Fuß- und Kreuzschmerzen zu bezahlen hat, ist kurzer, aber heftiger Euphorien mehrmals am Tag bedürftig. In solchen Fällen empfiehlt sich der Ouzo, die griechische Ausgabe des französischen Pernod und des spanischen Anis, der Ersatz für den nur noch bei schmuggelnden Fischern zu erstehenden Absinth. Der Einheimische trinkt ihn als Aperitif vor dem Essen. Dem Touristen wird es ohne weiteres verziehen, wenn er den Ouzo mit dem Recht des Ermüdeten zu den unmöglichsten Tageszeiten verlangt. Man trinkt ihn ›mit‹ – das heißt: mit belegten Zahnstochern. Beispielsweise sind da aufgespießt: ein gepfeffertes Viertelei, fettige schwarze Oliven, Tomatenscheiben und Käsewürfel, und das Ganze ist garniert mit Kartoffelchips.

Der Kaffeetrinker lasse alle Hoffnung schwinden, schon auf seiner ersten Griechenlandreise die verschiedenen Arten der Kaffeezubereitung zu erlernen. Er beschränke sich darauf, einen griechischen zu bestellen, und zwar gleich doppelt (›dipló‹), sonst hat er nach dem ersten bescheidenen Schlückchen sofort den Satz auf der Zunge. Im übrigen jedoch ist dies ein effektvolles Getränk.

Zum Essen trinkt der vorsichtige Mensch Hymettos-Wein, der zwar so wenig auf dem Hymettos wächst wie Liebfrauenmilch auf dem gleichnamigen Grundstück, aber den Vorzug hat, so ähnlich wie Chianti zu schmecken. Der mutige Gaumen dagegen verlangt Retsina, den Harzwein, von dem Victor Auburtin behauptet hat, er schmecke wie ein Weihnachtsbaum. Um den Wein haltbar zu machen, bewahren ihn die Griechen in Fässern auf, die mit dem Harz der Aleppo-Kiefer verpicht sind, und danach schmeckt er dann auch. Nüchtern gesagt: nach Terpentin.

Ein Grieche versicherte mir: »Nach dem fünfzigsten Glas wird er Ihnen wunderbar munden.«

»Wenn ich sonst nichts kriege«, versicherte ich dem Griechen, »mundet mir nach dem fünfzigsten Glas auch Terpentin.«

Doch dies war eine unnötig unhöfliche Bemerkung, denn der Retsina schmeckte mir schon nach dem fünften Glas, ich spüre ihn noch jetzt, wie er über den weichen Gaumen schwer und stark in die Nase zieht, und ich bedaure jeden Tag, an dem ich Hymettos statt Retsina getrunken habe.

Mykenä: Das elegante Ungeheuer

Mrs. Haller ist die Witwe eines Amerikaners deutscher Abstammung, der es im Geschäftskrieg von San Francisco zu einem späten Vermögen und einem frühen Tod gebracht hat. In der Handtasche führt sie ein Weltreise-Ticket mit sich und läßt gelegentlich Bemerkungen fallen über die Fidschi-Inseln und die alles überbietende Schönheit von Kenia, woher sie gerade kommt, während ihr das Münchner Oktoberfest noch bevorsteht.

Sie störte mich, als ich gerade angestrengt versuchte, mir den Fürstenpalast von Mykenä zu rekonstruieren. Der Burgberg ist nicht ganz dreihundert Meter hoch, die jähe Chaos-Schlucht hat ihn von dem Fundament zweier hoher Felskegel abgehackt und macht ihn von drei Seiten unpassierbar. Im offenen Westen wird er durch die kyklopischen Mauern geschützt, aufgetürmt aus ungeheuren, behauenen Steinquadern, rund sechs Meter dick.

Ich war durch das Löwentor heraufgekommen, auf dessen Schwelle noch die Radspuren der Streitwagen zu sehen sind, die im zweiten vorchristlichen Jahrtausend in den Schloßhof donnerten. Von oben hatte ich in die

Ringwälle der Schachtgräber aus dem sechzehnten Jahrhundert vor Christus geblickt, die Heinrich Schliemann im Jahre 1876 ausgegraben hat. Schliemann meinte, er habe Troja schon gefunden, nun wollte er auch noch den Ausgangspunkt des Trojanischen Krieges entdecken. Den Homer unter dem linken und die Reisebeschreibung des Pausanias aus dem zweiten nachchristlichen Jahrhundert unter dem rechten Arm, kam er hierher, deutete eine Stelle im Pausanias anders als die Fachgelehrten, trug den Hügel hinter dem freiliegenden Löwentor ab und fand, was er gesucht hatte, die Burg des Agamemnon: Mykenä.

Seine Gräberfunde, die freilich noch vierhundert Jahre älter sind als Agamemnon, siebenundzwanzig Pfund Edelmetalle, schnöde ausgedrückt, sind in Athen im Nationalmuseum ausgestellt, ein Goldschatz wie aus einem Kindermärchen. Ich hatte die dort gekauften Postkarten hervorgekramt und noch einmal den Dolch betrachtet, vor mehr als dreitausend Jahren aus verschiedenen Metallen gehämmert, graviert, gepunzt, auf der Klinge eine Löwenjagd, schnittig stilisiert; die Terrakotten, die Gold- und Silberbecher, die Rosetten aus Blattgold und diese seltsamen Goldmasken, mit denen die Gesichter der Toten bedeckt waren: individuell herausgetriebene Goldgesichter, alle mit einem verschmitzten Lächeln, als hielten sie den Tod für einen ziemlich guten Witz.

Diese hocheleganten und leicht vertändelten Sächelchen, deren raffinierte Technik die Achäer von kretischen Künstlern gelernt haben – und dieses wuchtige Bollwerk Mykenä, das nach Krieg und robuster Belagerung schreit! Mit der rechten Hand Atombomben bauen und mit der linken Rokoko ziselieren – das ging schon damals nebeneinander her.

Ich versuchte, mir eine Notiz über das geographische und historische Panorama von Mykenä zu machen: über die weite Ebene von Argos, sie hat zu Anfang des zweiten vorchristlichen Jahrtausends die Achäer, die aus dem Norden kamen, dazu verführt, sich hier festzusetzen und das beherrschende Mykenä wie eine Festung zu bauen, die Kyklopenarbeit hatte dabei die unterworfene und versklavte Einwohnerschaft zu leisten; über die wilden Schneegipfel Arkadiens am Horizont, über diese nicht geheure, fahle Hochgebirgslandschaft; über den Streifen Meer, der immerhin groß genug ist, die Gedanken an überseeische Raubzüge wachzuhalten; über den Berg Euböa, auf dem der Wächter die Feuerzeichen erblickte, die den Fall von Troja meldeten, und mit dieser Nachricht brachte er Klytämnestra, die Gattin Agamemnons, in arge Verlegenheit: Nun würde also ihr Mann aus dem

Krieg heimkommen, sie aber hatte sich schon lange daran gewöhnt, ihr Lager mit ihrem Geliebten Aigisthos zu teilen!

Diese Nachricht signalisierte schon etwas vom Ende der mykenischen Kultur: Um 1200 vor Christus nimmt man an, habe der Trojanische Krieg also doch stattgefunden, und schon hundert Jahre später kommen neue Einwanderer aus dem Norden, die Dorer, jeglicher kulturellen Verfeinerung abgeneigt; sie hauen die mykenische Kultur zusammen, die Achäer und mit ihnen die achäische Sippschaft der Atriden gehen zugrunde. Der Trojanische Krieg wurde erst rund vierhundertfünfzig Jahre nach seinem Ende von Homer besungen – ein Sujet aus der Vorzeit, ein historisch-mythischer Roman.

Als ich vergebens daran herumknobelte, dies alles derart auszudrücken, daß es jeder Leser genauso vor Augen haben würde wie ich auf der Kyklopenmauer von Mykenä, zupfte mich Mrs. Haller, die weltreisende Witwe aus San Francisco, am Arm und fragte mich aufgeregt, was ich hier mache. »Ich ärgere mich«, sagte ich, »daß ich nicht besser schreiben kann.«

»So what!« sagte Mrs. Haller. »Lesen Sie das bei Henry Miller nach.«

Das war also tatsächlich einmal eine Amerikanerin, die den Amerikaner Henry Miller gelesen hatte, der für die Zivilisation seiner Landsleute kein ausgetrocknetes Sandwich gäbe, und sie hatte sein teils dionysisches, teils schlicht besoffenes Griechenlandbuch ›Der Koloß von Maroussi‹ sogar dabei.

Ich suchte darin den Abschnitt über Mykenä, aber Mrs. Haller ließ mich nicht in Ruhe. Sie trippelte auf ihren hohen Absätzen, daß die Kieselsteine nur so stoben, und fragte mich, wohl weil sie mit Recht vermutete, daß ich sie nicht richtig verstehe, ein paarmal hintereinander und aufs höchste erregt: »Where is the bathroom?« Schließlich stammelte sie es auch noch auf Deutsch: »Wo ist das Badezimmer?«

»Ich fürchte«, sagte ich, »da können Sie zu Fuß nicht hin. Zum Hotel dürfte es ein bißchen weit sein.«

Sie starrte mich so verblüfft an, als habe ich sie hinter den nächsten Busch geschickt, und langsam fing ich an zu verstehen.

Hatte ich aus Respekt vor der notorischen Reinlichkeit der Amerikaner angenommen, sie suche tatsächlich einen Waschraum, so hatte sie aus Respekt vor der notorischen Belesenheit der Europäer angenommen, ich verstehe natürlich sofort, daß sie das Badezimmer der Klytämnestra meine. Als wir dies begriffen, lachten wir beide, und ich mußte ihr nun schon suchen helfen.

Während wir zum Herrenhaus hochstiegen, wollte sie eine Menge über den Trojanischen Krieg wissen, aber da ich nicht der Mann bin, von dem Georg Lichtenberg notiert hat: »Er las immer Agamemnon statt ›angenommen‹, so sehr hatte er den Homer gelesen«, mußte ich sie auf die herrlich trockene englische Prosa-Übersetzung des Homer verweisen, die einen amerikanischen Farmer zu einer Anfrage bei dem Taschenbuchverlag geführt hat, ob dieser großartige Bursche Homer noch mehr von dieser Sorte Reißer geschrieben habe.

Schließlich standen wir im Herrenhaus Agamemnons vor den Resten seines Herdes und in dem bescheiden großen Saal, in dem sein Thron gewesen ist – Wände und

Decken gibt es da freilich nicht mehr. Mit Hilfe eines Führers fanden wir auch die Stelle in der Nähe, die durch erhaltenen Abfluß und Wasserleitung den Verdacht nahelegt, hier sei das Bad der Klytämnestra gewesen.

Mrs. Haller stellte sich genau dahin, und sie dachte dabei, hoffe ich, nicht an ihren Mann. »Hier also«, sagte Mrs. Haller, »hat Klytämnestra ihrem gerade aus dem Krieg heimgekehrten Gatten Agamemnon ein Netz über den Kopf geworfen und ihn mit zwei Hieben erschlagen. Heutzutage werfen sie Daddy einen Toaster oder einen Heizofen in die Wanne nach, das gibt einen nicht nachweisbaren Herzschlag, habe ich in ›Wahre Verbrechen‹ gelesen. Warum hat Klytämnestra dies getan?«

»Aus der ›Orestie‹ des Aischylos«, sagte ich, »das ist ein Theaterstück in drei Teilen, das allerdings erst rund siebenhundertvierzig Jahre nach dem Kriminalfall von Mykenä uraufgeführt worden ist – aus dem ersten Teil dieser ›Orestie‹, dem ›Agamemnon‹, lassen sich vier oder fünf Gründe herauslesen. Erstens hat Agamemnon, um einen günstigen Segelwind für den Trojanischen Krieg zu erhalten, seine eigene Tochter Iphigenie der Göttin Artemis geopfert, und die Mutter Klytämnestra hat dies ihrem Gatten nie verziehen. Zweitens hat sich Agamemnon aus dem zerstörten Troja die Seherin Kassandra mitgebracht, und der eifersüchtigen Gattin war dies gar nicht recht. Drittens hat Klytämnestra sich in Agamemnons kriegerischer Abwesenheit erfolgreich mit Aigisthos getröstet, der zu allem Überfluß auch noch ein naher Verwandter gewesen ist. Dieser Aigisthos, nebenbei bemerkt, hat im alten Epos den Agamemnon erschlagen; erst Aischylos hat die Klytämnestra zur Mörderin gemacht. Viertens war da noch der Familienfluch der Atriden, ›ein alter Spuk, wilder Rachegeist jenes Atreus‹.« Ich hatte die Taschenbuchausgabe der Übersetzung von Ernst Buschor dabei und versuchte, die vier Zeilen ›Zu neuem verderblichem Werk / Schleift Moira schon / Am neuen Wetzstein / Das Schwert der Vergeltung‹ ins Englische zu übersetzen, um Mrs. Haller auch noch die Moira nahezubringen, das zugemessene, persönliche Schicksal, aber natürlich mußte dies ein grotesker Versuch bleiben.

»Wie geht die Story weiter?« fragte sie.

»Im zweiten Teil der ›Orestie‹, im ›Totenopfer‹, kommt Orest nach Hause, der Sohn des Agamemnon und der Klytämnestra. Am Grabhügel seines Vaters – dort drüben werden seine Reste gezeigt – bestärkt ihn seine düstere Schwester Elektra, den Mord mit Mord zu rächen. Er erschlägt Aigisthos und seine eigene Mutter. Er erschlägt sie, während sie vor ihm, bittend, ihre Brust entblößt. Apollon hat ihm diese Tat in Delphi befohlen

und ihm dafür Schuldlosigkeit versprochen, aber jetzt, nach dem Mord, wird er gehetzt von den ›wilden Hunden‹, den Rachegeistern seiner Mutter.«

»Was hat er dagegen unternommen?« fragte Mrs. Haller.

»Was hätten Sie getan?« fragte ich mit leicht erschöpfter Höflichkeit.

»Ich hätte mich bei Apollon beschwert«, sagte Mrs. Haller, nahm ihre Sonnenbrille ab und klappte sie zusammen.

»Etwas Ähnliches hat auch Orest getan«, sagte ich. »Er ist zum Apollonheiligtum, zum Nabel der Welt, nach Delphi gepilgert. Dort zeigt sich die große Wende an: Die Kette der Rachemorde in dieser gräßlichsten Familie der Welt wird zerreißen, die Spur der Atriden wird keine Blutspur mehr sein.«

»Ich bin neugierig auf Delphi«, sagte Mrs. Haller.

»Ich auch«, sagte ich.

Und dann hatte ich endlich Zeit, in Henry Millers Griechenlandhymnus ›Der Koloß von Maroussi‹ einen Satz zu finden, der besser als meine Beschreibungsversuche ausdrückt, was in Mykenä in der Luft zu liegen scheint: »Die Stille, die heute dort herrscht, gleicht der Erschöpfung eines grausamen und intelligenten Ungeheuers, das sich verblutet hat.«

Zwischenruf: Wie lerne ich Neugriechisch?

Als Anfänger in Griechenland überhaupt nicht. Es hat auch wenig Zweck, einen altgriechischen Brocken auszupacken und etwa feierlich nach dem Weg zum ›moseion‹ zu fragen. Da ›Museum‹ sich neugriechisch anhört wie ›mussion‹, versteht der Polizist ›Museum‹ mindestens genausogut. Und Athen, wie ›Athén‹ ausgesprochen, versteht kein Mensch. Die Griechen nennen ihre Hauptstadt ›Athinä‹ mit dem Akzent auf dem ›i‹, und das ›th‹ wird wie im Englischen gelispelt. Aber ›Athens‹, englisch gesprochen, versteht jeder Schuhputzer.

So spricht der Anfänger am besten gleich Englisch, oder noch besser: Französisch. Nur die griechischen Druckbuchstaben sollte er kennen, damit er die Straßen, die Kinos und Cafés von der Post und den Banken unterscheiden kann.

Wenn er um ein Minimum der Höflichkeit bemüht ist, die ihm entgegengebracht wird, dann erfreut er die Griechen, indem er wenigstens statt bitte ›parakaló‹ und statt danke ›efcharistó‹ sagt. Er erfreut sie besonders, wenn er beide Wörter ein bißchen falsch ausspricht, und das ist eine sehr geringe Mühe: Es gelingt selbst denen, die Neugriechisch im Privatunterricht gelernt haben.

Delphi: Am Nabel der Alten Welt

In Delphi war es einfach nicht möglich, für das Chamäleon, das Mrs. Haller in Kairo gekauft hatte, Fliegen zu fangen: Es gab keine. Die Gefräßigkeit des Chamäleons und Mrs. Hallers Energie, die es fertiggebracht hatten, sämtliche männlichen Mitglieder ihrer Reisegesellschaft in Athen auf die Herrentoilette zum Fliegenfangen zu schicken, scheiterten an der reinen Luft Delphis im allgemeinen und an den hygienischen Exzessen des Hotels ›Delphi‹ (mit frischer Desinfektionsbanderole um den Lokusdeckel) im besonderen. Mrs. Haller zog aus diesem profanen Anlaß den sehr kühnen, aber im Endeffekt korrekten Schluß, daß die alten Griechen in Delphi den rechten Ort (›the real place‹) für die Reinigung von allen Freveln gefunden hätten: Mit solchen Kleinigkeiten, meinte sie, fange es an. Sie schenkte das Chamäleon einem Hütejungen, der es entzückt zwischen grünem Gras und rotem Fels hin und her transportierte, um den rapiden Wechsel seiner Tarnfarben zu beobachten.

Ich bin weit davon entfernt, die schönsten Hotels der Erde zu kennen, aber trotzdem davon überzeugt, daß das

Hotel ›Delphi‹ durch seine Lage dazugehört, und die weitgereiste Mrs. Haller bezeichnete es schlankweg als das schönste der Welt. Ein skandinavischer Architekt hat sich offenbar von den Bauernhäusern im Dorf Delphi, die so einfach sind wie das antike Megaron, Herd, Bett und Tisch in einer Stube, anregen lassen und das Hotel aus versetzten Kuben an einem Abhang dergestalt zusammengebaut, daß es geräumig ist, niedrig wirkt und sämtliche Zimmer einen Balkon haben.

Zwischen Hirten und Göttern

Dieser Balkon hängt auf der Viertelhöhe des Parnaß, fünfhundertsiebzig Meter über dem Meer, das man von ihm aus sieht, tief unten die Bucht von Itea, einer der Lappen des Golfs von Korinth. Es ist ein Logenplatz eines imaginären Theaters, in dem seit einigen Jahrtausenden die elementare Geschichte Griechenlands aufgeführt wird.

Dort unten die Bucht mit ein paar trägen Schiffen: Das Meer spielt im Laufe des Tages die Farben durch vom grellen Azur bis zum stumpfen Bleigrau; unter dem Wechsel des Lichtes rückt es näher und entfernt sich wieder, ein winkender blauer Fetzen, dessen Lockung niemand widerstehen kann. Davor, durchschnitten vom Tal des Pleistos, wälzt sich unter dem Seewind, breit und dunkelgrün, ein Wald von Oliven; er strömt bis nach Amphissa, es sind die besten Oliven Griechenlands, schwarz, groß und fett. Jahrzehnte braucht es, bis ein Baum die ersten Oliven trägt, und tausend bis zweitausend Jahre alt können die Ölbäume werden, grün noch im hohen Alter, aber ohne Früchte. Ihre Stämme sind, wie in der Hitze gewunden, qualvoll aus der Erde gedreht, doch ihr Schirm mit dem matten Silberschimmer ist mühelos und heiter. Olivenland wird nicht nach Quadratmetern oder Morgen, sondern nach der Anzahl der Bäume gemessen. Wo es hier, an einem Abhang des Parnaß-Massivs, endet, kriecht der Longos, immergrünes Buschwerk, noch ein Stück den Berg hinauf, es beginnt das bukolische Revier der Schafe und der Ziegen. Hier wird mit Glockengeläute die Hirtenidylle gespielt bis dicht unter den Balkonplatz mit seinen Schafgarben, dem Mohn und den Margeriten. Gegenüber aber blenden Schneegipfel, und die Haufenwolken reiben sich auf ihnen ihre weißen Wattebäuche. Der Abend veranstaltet Illuminationstheater: Hauchzarte Lichtschichten hängen wie Schleierblenden hintereinander, und selbst das dunklere Blau ist sanft durchflutet. Die untergehende Sonne leuchtet mit letzter Kraft die Szenerie aus, die

Gebirgskette verschwindet hinter einem Vorhang aus Licht, das seidenweich, doch undurchsichtig ist – das Licht ist kein Zufall mehr, es ist entscheidender Akteur auf dieser antikischen Szene, von unten nach oben bevölkert mit Seefahrern, Bauern, Hirten und Göttern, die sich um Schiffsbau, Herden, Oliven, um das Wetter und um die abenteuerlichsten Varianten der Liebe kümmern.

Zwischen Hirten und Göttern aber, im Hotel ›Delphi‹, sitzen die Touristen, diese Halbgötter auf Zeit: solange sie Urlaub haben, ihr Rundreise-Ticket gültig ist und ihnen das Reisebüro ihr Nachtlager auf Schaumgummi bereitet.

Eine Hupe jagt ihr Echo in die Schluchten des Parnaß und verheult dort hinten, irgendwo, langgezogen, spitz: Pan sitzt am Volant des Chevrolet und schreckt die Kreatur.

In Delphi muß man ein paar Tage bleiben: mindestens so lange, bis man sicher ist, daß man diese Landschaft nie mehr vergißt. Sie gehört ins innere Archiv, dorthin, wo die Urlandschaften abgeheftet sind, zu denen ich das sanfte rote Meer des Klatschmohns in der Ukraine ebenso rechne wie den Menschenkrater einer Stierkampf-Arena, die menschenleere Melancholie der Mancha oder den brüllenden Neon-Dschungel des Piccadilly-Circus um Mitternacht.

Hier weiß man plötzlich, daß es ausgesprochen dumme Landschaften gibt und daß Delphi eine geistige Landschaft ist. Das hat nichts mit historischen Kenntnissen und archäologischen Ausgrabungen zu tun: Delphi bliebe Fels und Schlucht und Quelle und Tal gewordener Geist, auch dann, wenn vom Apollon-Heiligtum kein einziger Stein mehr übrig wäre; selbst dann, wenn man nicht einmal wüßte, daß hier ein Heiligtum gewesen ist.

Olympia ist eine milde und grüne Angelegenheit, stets angenehm frisch berieselt, eine Gegend zum anstrengungslosen Spazierengehen bei toleranter Stimmung und müßigen Gedanken. Mykenä ist ein Gewaltakt im Hochgebirge und lehrt das Schwitzen, das Schaudern und das Fluchen. Wer in Delphi das reine Anschauen nicht lernt, das keinen Wunsch mehr offenläßt, dem ist auch durch die Lektüre der Alten von Homer bis Plotin nicht zu helfen.

Der Zorn des Pädagogen

In Delphi kam mir der brennende Zorn des deutschen Schulmanns fast natürlich vor, der den im Andenkenladen gekauften Hirtenstock gegen eine Meute neugriechischer Halbstarker schwang, die im altgriechischen Theater des Apollon-Heiligtums immer wieder ihren Fußball in die obersten Ränge kickten, von denen er mit drolligen Sprüngen herunterkollerte. Als die Burschen in den Lederjacken weder den Grund seiner Erregung noch seine homerischen Beschimpfungen verstanden, schnappte er den Ball und machte mit ihm das, was die Sportfans einen Bombenschuß nennen: Er knallte ihn über die Orchestra bis weit hinüber in das Revier des Apollon-Tempels, wo er ziemlich genau an der Stelle aufsprang, an der einst die Pythia gesessen, Lorbeerblätter gekaut und ihre unklaren Auskünfte erteilt hatte. Die Bluejeans-Bande tobte dem Ball nach, und der zornige Pädagoge blickte mich mit selbstironischer Verzweiflung an. Es liegt nahe, ihn unter uns Dr. Achill zu nennen.

»Sie haben auf den Frevel einen noch größeren Frevel gesetzt«, sagte ich mit dem Landsleute-Begrüßungsgrinsen, denn er kam mir nicht vor wie einer jener extremen Humanisten, die es den Griechen von heute nicht verzeihen können, daß sie überhaupt existieren. Es stellte sich dann auch heraus, daß seine Humanitas nicht nur aus philologischen und historischen Kenntnissen besteht. Seine Leidenschaft ist zwar grammatikalisch fundiert, begnügt sich aber damit nicht.

»Was soll ich machen?« seufzte Dr. Achill. »Diese Burschen verstehen nicht einmal ihren Homer. Ich habe sie ganz korrekt ›schmutzfressende Wätze‹ genannt, aber sie dachten wohl, ich rede Deutsch mit ihnen.«

»Vielleicht hätten Sie sie ein Stück höher schicken sollen«, sagte ich, »über dem Theater liegt das antike Stadion, es ist an sportliche Wettkämpfe von jeher gewöhnt, und diese Wettkämpfe gehören ja auch zum Heiligtum. Dort unten neben dem Athene-Tempel sind noch die Überreste des Trainingscamps, Palästra mit Badebecken und Duschanlagen.«

Dr. Achill lachte. »Für diese Seite des griechischen Wesens«, sagte er, »habe ich noch nie viel übrig gehabt. Das ist zwar sicherlich verkehrt, aber zu mir paßt das nicht. In Olympia bin ich deshalb gar nicht erst gewesen. Die Pythien, die delphischen Wettspiele, liegen mir mehr. Da gab's zwar auch Athleten, aber das wichtigste waren doch die Dichter, die Musiker und die Gelehrten, die hier miteinander im Wettstreit lagen.«

Wir stiegen zusammen das Heiligtum hoch, das sind am Bergabhang siebzig Meter Luftlinie und wesentlich mehr, wenn man den Serpentinen folgt, die an ihren Wendungen immer wieder einen neuen Komplex dem Blick freigeben. So baut sich beim Aufstieg das Heiligtum sozusagen schrittweise übereinander. Wir setzten uns auf die oberste, die fünfunddreißigste Sitzstufe des Theaters, das mit seinen fünftausend Plätzen verhältnismäßig klein ist – sechzehntausend Plätze hatte das Dionysos-Theater am Fuß der Akropolis von Athen.

Der graue, poröse Stein, auf dem wir saßen, war sonnenwarm. Einen milden Wind im Gesicht, blickten wir hinunter in den Halbkreis der Orchestra, die die Römer mit Platten belegt haben; tiefer hinunter in das Rechteck des Apollon-Tempels, an dessen einer Ecke noch sechs witterungsverwetzte, honiggelbe Säulen stehen; tiefer hinunter zum restaurierten Schatzhaus der Athener – diese eleganten Herren mußten natürlich in Marmor bauen; noch tiefer hinunter, über den Weg, zum kreisrunden Athene-Tempel – sie hat für Apoll am Aufgang zu seinem Heiligtum die göttliche Wache gehalten. Zwischen den Fundamenten, den Säulentrümmern und Mauerresten schießen die dunkelgrünen Pfeile der Zypressen, blühen die Mandelbäume, schüttelt der Feigenbaum seine fünffingrigen Blätter. Mohn und Margeriten punktieren den Hang mit roten und weißen Tupfen. Aus den steilen Felswänden der Phaidriaden, hinter uns, schweben Adler und kreisen bedächtig über den Ziegenherden und dem Olivenwald in der Tiefe.

Ein Eselsschrei verröchelt in der Hitze – keine andere Kreatur dieser Erde schreit so schauerlich: wie jahrtausendealte qualvolle Lust oder wie ganz frische Prügel.

Die Auskünfte der Pythia

Dr. Achill stellte sich als unerschöpflicher Vielwisser und Geschichtenerzähler heraus. Ich fing allmählich an, seine Schüler zu beglückwünschen, die seine leichte Erregbarkeit jedoch wahrscheinlich ungebührlich ausnutzen. Er erzählte von der Macht der Pythia, der Priesterin Apollons, die dort unten in seinem Tempel auf einem Dreifuß über einem Erdschlund saß und, berauscht von aufsteigenden Dünsten, ihre Orakel stammelte. Sie hat den Griechen den bauernschlauen Trick verraten, mit dem sie die weit überlegene persische Flotte bei Salamis vernichten konnten; sie hat Auswanderern und Koloniegründern Tips gegeben; sie hat Regeln für eine humanere Kriegsführung entworfen und das Asylrecht geheiligt; sie hat die mörderische Blutrache durch Sühnebräuche ersetzt, kurz: Sie hat das gesamte griechische Leben auf eine humanisierende ›Wohlgesetzlichkeit‹ bezogen. Bertolt Brecht hat gern die Geschichte erzählt, wie die Pythia noch während des Zweiten Weltkriegs um Rat angegangen wurde. Nach der verlorenen Schlacht von Stalingrad schickte der Oberkommandierende der deutschen Wehrmacht in Griechenland einen Offizier nach Delphi, damit er die Pythia frage: »Dürfen wir jetzt noch an den Endsieg glauben?« Die Pythia antwortete: »Jetzt müßt ihr alle dranglauben.«

Ich hütete mich, Dr. Achill eklige Fragen zu stellen: nach der Priesterschaft etwa, die das Gestammel der Pythia so zweideutig formulierte, daß sie immer irgendwie recht behalten mußte; nach der Verwaltung der Tempelgelder; nach dem Einfluß, den feindliche Mächte mit profanen Moneten auf die Sprüche der Priesterschaft genommen haben, so daß der Einfluß des Apollon-Heiligtums allmählich geschwunden ist; nach den Basen der Siegesmäler, die dort unten beim Aufgang zu durchschreiten sind, eine schauerliche Allee, denn hier bedankten sich die Griechen, die sich im Peloponnesischen Krieg selbst vernichteten, für desselben Apollons Hilfe – die Griechen beider Parteien, versteht sich, und dies unmittelbar gegenüber: Wenn der Krieg dergestalt als ›Agon‹, als göttlicher Wettkampf, betrachtet wird, dann ist die Agonie, das Todeszucken, nur noch eine natürliche Folge. Ich verkniff mir auch die hübsche Geschichte von Alexander, den sie den Großen nennen: Er hat, als er den ersten Teil des pythischen Spruches »Was soll ich dir starkem Manne sagen...« gehört, ungeduldig abgewinkt und mit einem Danke-das-genügt-mir auf den Rest verzichtet.

Diese Fragen stellte ich nicht, weil Apollon und die Pythia den Dr. Achill so mächtig ergriffen hatten, daß es unhöflich gewesen wäre, auf die Ökonomie zu kommen, und weil hier die Ökonomie tatsächlich unwichtig wird: Mag da so viel geschoben worden sein wie in den wildesten Schwarzmarktzeiten, es wird unerheblich vor diesem delphischen Aufstieg aus dem archaischen Urschlamm des Kannibalismus, des Verwandtenmordes und der Rachegreuel.

»Nach einem homerischen Apollon-Hymnus aus dem siebten vorchristlichen Jahrhundert«, sagte Dr. Achill, »ist die Priesterschaft in Delphi von der Insel Kreta gekommen. Dort hat man sich schon hundert Jahre vorher Gedanken über die kultische Reinigung von der Blutschuld gemacht.«

Dies war mein Stichwort. Ich zog die ›Orestie‹ des Aischylos aus der Rocktasche, um hier den Anfang ihres dritten Teils, der ›Eumeniden‹, noch einmal zu lesen. Er spielt im delphischen Heiligtum.

»Lassen Sie Ihr Buch stecken«, sagte Dr. Achill, »ich kenne die Geschichte auswendig. Das ist bei mir so eine Art Berufskrankheit. Den Eingangsmonolog der Priesterin können Sie, wenn Sie wollen, auch griechisch hören.«

»Ich habe nie ein Wort Griechisch gelernt«, sagte ich, »aber ich möchte es trotzdem gerne hören.«

Dr. Achill sprach den Text so einfach, als stamme er von Hemingway, und es war wunderbar, ihm zuzuhören. »Die Priesterin«, erzählte er dann, »ruft also zuerst die Erdmutter Gäa an. Dort unten, unterhalb des Apollon-Tempels, ist der Felsbrocken, der ihr geweiht war. – Können Sie noch ein bißchen Mythologie vertragen?«

»Nur zu«, sagte ich, und Dr. Achill legte los: »Gäa ist eine uralte Göttin, sie entstammt dem Chaos, sie ist Erde, gebärender Schoß, aber auch Unterwelt und Tod. Als Uranos, ihr Sohn und ihr Gatte zugleich, von Kronos entmannt wird, strömt sein Blut auf die Erde, und Gäa gebiert aus ihm die Giganten und die Erinnyen, die

Rachegeister. Diese Erinnyen verfolgen den Atriden Orest, der auf das Geheiß Apollons in Mykenä seine Mutter Klytämnestra erschlagen hat, um ihren Gattenmord zu rächen. Sie verfolgen ihn bis hierher vor den Tempel, und hier werden sie von Apollon eingeschläfert. Die Erinnyen, die Kinder der Urmutter Gäa, wollen den Muttermord rächen, aber der Mord, den Klytämnestra an ihrem Gatten Agamemnon begangen hat, der interessiert sie nicht, es handelt sich ja nicht um Blutsverwandte. Mord aber bleibt für Apollon Mord, es paßt ihm nicht, daß die Erinnyen nur Blutsverwandte rächen, die Rache überhaupt paßt ihm nicht, er beruft sich auf Dike, auf das Gesetz, und er schickt Orest nach Athen zur Akropolis, zum Tempel der Athene. In ihr hat er eine Bundesgenossin, sie ist von keiner Mutter geboren – Sie kennen die Geschichte ...«

»Ja, Herr Lehrer«, sagte ich, »Zeus hatte Kopfweh, Hephaistos spaltete ihm den Schädel, und heraus sprang

Athene in voller Rüstung. Aber auch später hat sie Zeus noch sehr viel Kopfweh gemacht.«

»Bitte, werden Sie nicht zynisch«, sagte Dr. Achill. »Sie ist Jungfrau geblieben, der Schoß existiert für sie nicht, weder der mütterliche noch der eigene. Sie ist eigentlich gar keine Frau, sie ist die Vernunft und das beginnende Vaterrecht. Denn was hat sich hier in Delphi abgespielt? ›Der junge Gott hat alte überrannt‹, sagt die Chorführerin bei Aischylos. Der junge Apollon hat Schluß gemacht mit der Blutrache, er hat an das Gericht verwiesen, eine junge Errungenschaft. Aischylos hat es in seiner ›Orestie‹ dramatisiert, aber wir sehen es auch hier mit einem Blick: Dieser Bezirk war ursprünglich der Gäa geweiht, und Apollon hat ihre Ausgeburt, den Drachen Python, erschlagen und über den Erdspalt, in dem der Drache hauste, seine eigene Priesterin, die zivilisierende Pythia, gesetzt.«

Wir waren in den Tempel des Apollon geschlendert. Von einem Erdspalt ist nichts mehr zu sehen, wohl aber gibt es da einen sehr zweifelhaften Stein mit den Spuren des pythischen Dreifußes und dem Loch, aus dem die berauschenden Dämpfe gestiegen sind.

»Hier war's«, sagte Dr. Achill, »hier war der Nabel der Alten Welt; Zeus hatte zwei Adler von den Weltenden fliegen lassen, hier haben sie sich getroffen. Den

Omphalos, den Nabelstein, haben sie gefunden, drüben im Museum wird er aufbewahrt. Hier hat sich das zivilisatorische Gesetz abgenabelt von der Mutter der Blutrache, der Tochter des Chaos. Und deshalb ist dieser Platz für mich heilig...« – Dr. Achill lächelte ein bißchen – »und deshalb mußte ich diese Bande von Fußballspielern vertreiben.«

Als wir zum Kastalischen Quell hinuntergingen, zitierte Dr. Achill den Aischylos noch einmal: »›Über der Götter Gebot ehrt er die Menschen‹ – das bezieht sich auf Apollon, das war etwas ganz Neues, eine der großen Wendemarken in der Geschichte der Menschheit.«

An der Quelle erlebte ich nach zwanzigjähriger Pause wieder, was Wasser ist, und daß es sich grundsätzlich von dieser seltsamen Flüssigkeit unterscheidet, die aus unseren heimischen Leitungen läuft.

»Die Bäuerinnen trinken hier«, erläuterte Dr. Achill, »wenn sie Kinder kriegen wollen. Es ist ja auch ein ganz besonderes Wasser. Als Apollon, der natürlich nebenbei noch den Verfolgungsjagden der Liebe obgelegen hat, die Nymphe Kastalia hetzte, sprang sie als Quell die Felsen hinunter.«

So poetisch der Gedanke war, ein verflüssigtes Mädchen zu trinken, wir blieben nicht beim Wasser und kehrten am Dorfeingang in der Kneipe ›Zum Dionysos‹ ein.

Dionysos, der Herrscher über den Parnaß im Winter, wurde in Delphi natürlich auch verehrt.

»Keine Mythologie mehr«, bat ich Dr. Achill. »Auf dem Gerichtsfelsen vor der Athener Akropolis treffen wir diesen Orestes wieder, und das ist mir noch früh genug.«

»Einverstanden«, sagte Dr. Achill, und als ein Kenner der bäuerlichen Landessitte nahm er sein Glas, stieß es leicht auf die Tischplatte und trank mir zu: »Jassuh!«

»Jassuh«, sagte ich, und das heißt natürlich ›Prost‹. Es war das einzige neugriechische Wort, das wir beide kannten.

Zwischenruf: Muß ich in Museen?

Die Museen gehören zum Pflichtpensum des Touristen. Wer sich davor drückt, wird zu Beginn eines Rundgangs für einen Verräter an der abendländischen Kultur gehalten, doch bereits in der Mitte des Rundgangs beneidet. Der beste Weg führt mitten zwischen Verrat und Neid hindurch: die Museen allein – ohne Führer – besuchen; unter keinen Umständen länger als eine Stunde in einem Museum verweilen; standhaft bleiben und den größten Teil der ausgestellten Gegenstände einfach nicht beachten. Wer zuviel gesehen hat, hat am Ende gar nichts gesehen.

Der gewitzte Anfänger sitzt im Museum in Olympia vor den Giebelfiguren des Zeus-Tempels, hat damit den Anfang der Atridengeschichte vor sich und spürt, ob er Sinn hat für Plastik oder nicht, was man unter der Größe des Schlichten versteht. Dem als Prunkstück offerierten Hermes widmet er nur einen erschrockenen Blick und weigert sich hinfort zu glauben, daß dieser glatte, weiche, nackte Mann eine Arbeit des Praxiteles sei. Vielleicht hat er aber auch nur den Praxiteles überschätzt.

Im Museum in Delphi wird er nach einem Blick auf den Omphalos, den Nabelstein der Alten Welt, sich nicht durch die Tatsache stören lassen, daß die Erzstatue des Wagenlenkers zum Fremdenwerber ernannt worden ist. Er wird diesen Wagenlenker mit den Augen auswendig lernen, ohne dabei zu versuchen, das Geheimnis seiner Haltung und seines Blicks zu enträtseln. Das Geheimnis und die Fremdheit des Wagenlenkers werden ihn davor bewahren, mit idealistischer Leichtfertigkeit den Zeitgraben von zweitausendfünfhundert Jahren, vor dem er steht, allzu hurtig zu überspringen.

Im Akropolis-Museum in Athen geben spärliche Reste des Parthenon-Frieses keinen Eindruck vom Parthenon-Fries, aber dem strengen Kalbträger und den bemalten, lächelnden Koren sollte man in die Augen blicken – sie blicken zum Dank zurück, wenn man in die menschenleeren Ruinenstätten das Bild eines Menschen projizieren möchte.

Das Nationalmuseum in Athen breitet den Goldschatz Mykenäs aus, und es erlaubt einen Spaziergang durch die Geschichte der griechischen Plastik. Wer von dem archaischen Jüngling aus dem sechsten Jahrhundert vor Christus zu Apollon und Poseidon aus dem fünften Jahrhundert, zu der weibischen Anmut der Epheben aus dem vierten Jahrhundert und schließlich zu den hellenistischen Porträtköpfen aus dem ersten Jahrhundert gegangen ist, der hat ein halbes Jahrtausend mühelos überblickt und den ungeheuren Schritt gespürt von der unpersönlichen ägyptischen Strenge bis zur Courtoisie mit der Individualität.

Damen verweilen gerne vor der Eleganz der Epheben, und sie ahnen, wie ihre schuldvoll-scheuen Blicke verraten, nur ganz selten, daß sie bei den lebenden Vorbildern dieser erzenen Schönheiten nicht die geringste Chance gehabt hätten.

Natürlich ist es auch dem Anfänger nicht verboten, Seitenblicke in Vitrinen zu werfen und sich nach persönlichem Geschmack in Einzelstücke zu verlieben – dazu ist reichlich Gelegenheit –, doch bleibt die hier empfohlene Oberflächlichkeit des Museumsbesuches der einfachste Weg, tiefer in das Wesen der griechischen Plastik einzudringen.

Akropolis: Die Gangster und das Schwurgericht

Die beiden Gangster standen auf dem Areopag, dem Felsen des Gerichts vor der Akropolis – kein Zweifel, sie waren es: Der ältere winkte mir mit seinem Schirm, und der jüngere war wie immer zwei Schritte hinter ihm, im Abstand der Adjutanten und Revolvermänner. Ich hatte eigentlich keine Lust auf eine Unterhaltung, aber diese beiden reizten mich, weil ich immer noch nicht wußte, wer und was sie waren, und auf den Gerichtsfelsen wollte ich sowieso.

Dieser Areopag ist nicht ganz so hoch wie der Fels der Akropolis und von ihm durch eine zypressentiefe Schlucht getrennt. Man blickt vom Areopag hoch zur Burg der Götter und hinunter auf die Agora, den Platz des Marktes und der Volkserregungen, der jetzt mit Säulenstümpfen und Denkmalssockeln übersät ist, ein großer, leerer, trauriger, gut aufgeräumter Friedhof.

Zwei Wochen vorher hatte ich mit den Gangstern einen Ouzo getrunken. Natürlich kamen wir bei dieser Gelegenheit auf Spanien: Die beiden wollten dort Stierkämpfe sehen. Ich bekam nur noch heraus, daß der jüngere bei der rüdesten amerikanischen Truppe, der Marineinfanterie, gedient hatte, und daß sie beide seit Kriegsende in Florida lebten.

Das paßte ins Bild: Der ältere trug ein resedarotes Cordjackett über einem grellbunten Hemd und eine kreisrunde, weit ausladende braune Baskenmütze genau waagrecht auf dem weißwolligen Schädel. Der jüngere war ganz in Leder, mit Schaftstiefeln, Reißverschluß vom Absatz bis in die Kniekehlen, und sah mit seiner niedrigen Runzelstirn, dem kurzgeschorenen Westpoint-Kopf und dem Fettnacken präzise aus wie Mickey Spillane, der erfolgreichste und schlechteste Kriminalschriftsteller unseres Jahrhunderts. Da er außerdem ein Blumenkohl-Ohr besaß, sich immer zwei Schritte hinter dem Alten hielt und dessen Schirm auf dem linken Unterarm wie eine Maschinenpistole trug, entschied ich mich dafür, ihn für einen Leibwächter und den Alten für einen wohlhabenden Gangster nach dem Klimakterium zu halten, der auf seine späten Tage noch ein bißchen europäische Bildung lernen will.

Warum auch nicht, es schadet nur selten. Ich selbst hatte mir gerade drüben auf der Akropolis zum zweitenmal die Geschichte vom Götterstreit um Attika angehört. Zeus wollte das Land dem Gott übergeben, der das brauchbarste Geschenk machen könnte. Poseidon offerierte das Pferd, Athene den Ölbaum, und der attische König Erechtheus entschied sich für die Olive. Dieser Reiseführer machte es besonders genau: Er zeigte den Ölbaum, den Athene vor das Erechtheion gepflanzt hatte, und vergaß nicht hinzuzufügen, daß er in späterer Zeit erneuert worden sei, und er zeigte im Erechtheion die Spur des Dreizacks, den Poseidon im Zorn über seine Niederlage in den Burgfels gehauen hatte, und er vergaß nicht, grimmig hinzuzufügen, daß die Türken während ihrer dreihundertfünfundsechzigjährigen Besatzung im Erechtheion einen Harem eingerichtet und das Dreizackrevier ihren Damen als Toilette ausgebaut hatten.

Für die Olive und gegen das Pferd: Das war mehr als eine folgenschwere Entscheidung gegen die Kavallerie und für die Landwirtschaft – die Bewohner Attikas hatten sich damit unter den Schutz der Athene gestellt, der dem Kopf des Gottvaters Zeus entsprungenen, eisernen Jungfrau, der von keiner Frau zu gebärenden, streitbaren, männlichen Vernunft. Diese Athene – sie hat den Fall des Atriden Orest geklärt. Sie hat sich in ihrem Tempel auf der Akropolis, im Parthenon, die beiden Parteien angehört: einerseits die Rachegeister der Klytämnestra, die Sühne dafür fordern, daß sie von ihrem Sohn Orest erschlagen worden ist, und andererseits den Orest, der sich auf Apollons Befehl beruft: Er hat seine Mutter erschlagen, weil sie wiederum seinen Vater Agamemnon ermordet hat. Muttermord steht gegen Gattenmord, und Athene hat ein geschworenes Blutgericht gewählt und eingesetzt für alle künftigen Fälle, und hier hat es vor allem Volke getagt, hoch über dem Markt, auf dem Areopag.

Götter im Staatsdienst

Nun standen die zwei Gangster auf dem Felsen des Gerichts wie seine ironische Pointe, und sie begrüßten mich, als ich ein bißchen atemlos oben ankam, mit einem freundlichen, doch etwas gewöhnlichen ›Hai!‹

»Sie sehen aus wie Mickey Spillane«, sagte ich zu dem Gorilla in Leder, aber er reagierte nicht: Offenbar kannte er nicht einmal seine Fachliteratur. Als nun auch der Alte streng blickte, beschloß ich, ein bißchen unhöflich zu werden, und erzählte ihnen, ich sei hinter den Atriden her, einer Familie notorischer Betrüger und Mörder. Da wurden sie endlich munter und wollten Einzelheiten wissen. Na also, dachte ich und tat mein Bestes.

»Auf dem Felsen, auf dem wir hier stehen, meine Herren«, dozierte ich, als ich zum Schluß kam, »ist der Streit entschieden und die Blutspur der Atriden getilgt worden. Hier ist Apollon erschienen, und dort unten auf der Agora hat sich das Volk versammelt. Hier hat Athene den Rat der Ältesten, die zwölf Geschworenen, eingesetzt und abstimmen lassen. Gattenmord gegen Muttermord – die letzte Stimme für Orests Freispruch hat Athene selbst gegeben: Sie hat den Muttermord, den Frevel gegen die alte Stimme des Blutes, nicht schlimmer bewertet als den Gattenmord, den Verstoß gegen das neuere Gesetz einer menschlichen Gemeinschaft, die nicht mehr auf Blut begründet ist. Sie hat den Dschungelbrauch der Blutrache, diese Kette von Kindesmorden mit Kannibalen-Mahlzeiten, radikal beendet und die zivilisatorische Justiz errichtet, dazu die Institution zur Rechtsprechung, den Schwurgerichtshof, hier auf diesem Felsen geschaffen für alle Zeiten und auch für die Vereinigten Staaten.«

»Wann war das?« fragte der ältere Gangster, knöpfte das Florida-Hemd auf und kratzte geruhsam seine weißbehaarte Brust.

»Vielleicht gegen Ende des zweiten vorchristlichen Jahrtausends«, sagte ich, »vielleicht aber auch überhaupt nicht. Was ich erzählt habe, steht in den ›Eumeniden‹, dem dritten Teil der ›Orestie‹ des Aischylos, und dieses Theaterstück plus einem verlorenen Satyrspiel ist dort drüben, gleich um die Ecke, uraufgeführt worden im Dionysos-Theater im Jahre 458 vor Christus.«

»Ein Theaterstück«, sagte der ältere Gangster bedächtig, »ich gehe selten ins Theater. Waren denn die Kläger mit dem Urteil zufrieden?«

»Die Erinnyen«, sagte ich, »diese Blutrachegeister, diese Kastrationskinder der Urmutter Gäa und Enkel des Chaos, haben eine neue Aufgabe erhalten: Athene hat sie zum Schutz der Stadt Athen befohlen, und ihr Fluch verwandelt sich in Segen.«

Der ältere Gangster lachte und knöpfte sein Florida-Hemd wieder zu. »Sie sind städtische Angestellte geworden«, sagte er, »und dies in göttlichem Auftrag, das ist eine großartige Lösung. Dieser Aischylos hat also die neuen, vaterrechtlichen Götter gegen die alten, mutterrechtlichen siegen lassen – sehr vernünftig. Und außerdem hat er sie zu Schutzgöttern seiner Heimat ernannt – sehr patriotisch. Okay – aber warum interessieren Sie sich so für Mythologie?«

Ein bißchen verlegen sagte ich: »In Griechenland ist das doch eine Art Zwangsneurose – jeder Stein erzählt hier Mythen!«

»Und wie ich Sie nun kenne«, sagte er, »gehen Sie jetzt zum Dionysos-Theater und sehen sich den Schauplatz der Uraufführung an. Der Ort, an dem der Mythos neu gedeutet und in den Dienst der metaphysisch fundierten Kommunalpolitik gestellt wurde.«

»Sicher«, sagte ich. »Und ich will Ihnen nicht verheimlichen, ich habe mich immer für ziemlich respektlos gehalten, aber Sie übertreffen mich da bei weitem.«

»O nein«, sagte er, »ich bin nicht respektlos – für mich fängt die Geschichte nur ein bißchen später an als für Sie. Daß dies hier der Gerichtsfelsen ist, Vaterrecht besiegt Mutterrecht, das regt mich nicht sehr auf. Für mich ist dieser Felsen der Ort, an dem den dort unten auf dem Markt versammelten Athenern vom Apostel Paulus das Wort Christi verkündet wurde, und da weiß selbst ich eine Zahl, es war im Jahre vierundfünfzig.« – »Oh«, sagte ich.

Er lächelte mich an, zupfte an seiner resedaroten Cordjacke, setzte die braune Baskenmütze zurecht und gab seinen Schirm dem Ledernacken, der ihn wieder wie eine Maschinenpistole über den Arm legte und mich streng anblickte. Der Alte sagte: »Ich bin nämlich Pfarrer.«

»Oh«, sagte ich noch einmal, und bis heute ist mir noch keine gescheitere Antwort eingefallen.

Premiere im Dionysos-Theater

Der Zugang zum Dionysos-Theater am Südostabhang der Akropolis war versperrt. Ich wollte schon resignieren, als ich plötzlich deutsche Stimmen hörte, einen erregten Wortwechsel aus dem Innern des Theaters. So kletterte ich über die eiserne Umzäunung und pirschte mich an die Orchestra heran. Das Theater sieht ziemlich heruntergekommen aus, Gras und Quecken wuchern zwischen dem piräischen Kalkstein der Sitzreihen, die Zypressen verstärken noch die Friedhofsstimmung, mannshohe Barrieren von Kakteen über den obersten Sitzreihen, darüber die kahlen Stützmauern des Akropolis-Felsens.

In den Marmorsesseln in der vordersten Reihe, die für Priester und hohe Beamte reserviert waren – ihre Namen sind da noch zu entziffern –, saßen drei Herren. Der eine war Dr. Achill, der erfreuliche Pädagoge, der die Halbstarken aus dem Apollon-Heiligtum in Delphi vertrieben hatte; die beiden andern – ein Hagerer und ein Dicker – kannte ich nicht. Dr. Achill, leicht erregt wie immer, stellte mich vor.

Der Hagere war ein dänischer Tierarzt, der vorzüglich Deutsch sprach. Er hat seine Reise von Kopenhagen in den Kongo, wo er im Auftrag des Zoologischen Gartens ein weibliches Okapi kaufen sollte, hier unterbrochen, weil die Geschichte des Altertums sein Steckenpferd ist. Ein Amateurhistoriker von der sachlichen Sorte. Er verbeugte sich leicht.

Der Dicke streckte seine Pranke aus, und ich rettete nur mit Mühe meine Mittelhandknochen vor einem leichten Gipsverband. Er ist ein sehr bekannter, ja berühmter deutscher Bühnenregisseur mit notorischem Hang zu antiken Stücken und heißt, sagen wir mal, Klawitter. Ihren Streit über das ursprüngliche Aussehen des Dionysos-Theaters beendete der Däne.

»Was wir hier noch von der Bühne sehen«, erklärte er, »das sind römische Umbauten. Am Anfang des sechsten vorchristlichen Jahrhunderts war hier nur ein kreisrunder, gestampfter Tanzplatz, die Orchestra, mit dem Dionysos-Altar in der Mitte. Das Bühnengebäude dahinter, die Skene, wurde zu jedem Fest neu aufgebaut. Die steinernen Sitzreihen, sechzehntausend Plätze, durch zwei Rundgänge in drei Ränge und durch Treppen in dreizehn Keile aufgeteilt, und ein steinernes Bühnengebäude wurden erst um 500 gebaut, als die hölzernen Sitzreihen während einer Vorstellung zusammengebrochen waren. ›Theatron‹ hat man nur die Abteilung der Zuschauer genannt.«

»Daß unser Begriff ›Theater‹ ursprünglich nur den

Zuschauerraum betraf«, alberte ich, »das wird von einigen deutschen Theaterleuten gern vergessen: Sie spielen so, als ob es gar keine Zuschauer gäbe. Sie spielen nicht Theater, sie spielen Orchestra.«

Klawitter, der Regisseur, riß seine Brille von der Nase und schnaubte energisch:

»Ich nicht!« Dann lief dieser dicke Mann in die Mitte der Orchestra und improvisierte uns mit phantastischem Temperament eine Vorstellung. Er besitzt diese unheimliche Begabung mancher Regisseure, die, so grotesk sie von Statur sind, auf der Probe einem Gretchen das Gretchen derart zart vorspielen können, daß das Gretchen des richtigen Gretchens hinterher wie ein Trampel wirkt.

»Wenn ich Sie um die ›Orestie‹ bitten dürfte ...«, sagte ich.

»Haben Sie meine 1951er ›Orestie‹ gesehen?« fragte er begeistert.

»Leider nicht«, sagte ich, »aber ich habe auch mehr an die ›Orestie‹ des Aischylos als an Ihre gedacht, und die war ja nicht 1951, die war schon 458 vor Christus.«

»Das muß natürlich umgesetzt werden«, sagte Klawitter ungerührt. »Eine historische Rekonstruktion auf der Bühne wäre ein strafwürdiger Unfug. Aber ich habe mich damals lange mit der Frage beschäftigt, wie Aischylos als Regisseur gearbeitet hat. Er muß ein unerhörter

Techniker gewesen sein. Sie wissen ja alle, wie das Theater entstanden ist...«

»Ich habe es gerade eben begriffen«, sagte Dr. Achill. »Wir sind hier im heiligen Bezirk des bocksfüßigen Dionysos. Er war ein in Griechenland eingewanderter volkstümlicher Gott. Homer hat ihn noch nicht zu den Olympiern gerechnet. Ein Gott der Vegetation, der Fruchtbarkeit und des Rausches, die Bauern haben ihn bei der Weinlese gefeiert. Seine Mutter Semele ist verbrannt, als sie seinen Vater Zeus in seiner göttlichen Gestalt erblickte. Zeus hat den sechs Monate alten Embryo in seinem eigenen Schenkel ausgetragen. Aus dem Dionysos-Kult ist das Theater hervorgegangen, aber ich habe gerade eben begriffen, warum dies nur hier in Athen geschehen konnte, hier unter der Akropolis. Zu dem ekstatischen Dionysos-Kult, zu dieser Massenberauschung, mußte der Geist Athenes kommen, die Kontrolle der Vernunft, damit das Theater entstehen konnte; es ist ja immer eine Mischung von Ekstase und Berechnung, von Rausch und Kunstverstand gewesen.«

»Mir ist das zu mythologisch«, sagte der dänische Zoo-Arzt. »Mit Mythologie kann man alles beweisen. Ich halte mich lieber an die Geschichte. Dem Thespis mit seinem Karren wird zugestanden, daß er um 550 dem Chor den ›Antwortenden‹ gegenübergestellt und damit den Dialog erfunden hat. Aischylos hat in seinem Stück ›Die Perser‹ den zweiten Schauspieler gegen den Chor gestellt und in seiner ›Orestie‹ den von Sophokles eingeführten dritten Schauspieler übernommen.«

»Deshalb meinte ich ja, daß er ein so unerhörter Techniker gewesen sein muß!« prustete Klawitter heraus. »Er hat ein paar Sachen eingeführt … nehmen Sie zum Beispiel den Bühnenbildner, den gab's vor ihm nicht! Agatharchos hieß der Pinselfritze, mit dem er zusammengearbeitet hat. Für die ›Orestie‹ mußte der ihm auf das Bühnenhaus, die Skene, den Eingang des Agamemnon-Palastes malen.

So was hatten die Athener noch nicht gesehen: Das war zwar noch keine Perspektive, aber eine anständige Reliefbühne, und das Dach der Skene hatte schon eine Versenkung für die Göttererscheinungen, für Athene und Apollon. Für Naturalismus hatte Aischylos nichts übrig – er hatte seine festen Gebärden, aber er hat sie auch dem Chor beigebracht! Probiert haben muß er bis in die späten Nachtstunden, und das alles ohne Kaffee, unvor-

stellbar! Er ist außerdem ein großer Tänzer gewesen... Stellen Sie sich das mal vor: Der Flötenbläser zieht mit dem Chor in die Orchestra ein, das wurde getanzt, meine Herren!« Klawitter warf sich probengeübt auf den Bauch und trommelte mit beiden Händen einen wilden Rhythmus auf die Marmorplatten der Orchestra. »Im Tanz wurde Dionysos geehrt, und es ist *sein* Chor, und es sind *seine* Masken, aber Aischylos hat als erster diese Leinwandlarven bemalt, und wenn Sie seine Stücke kennen, dann wissen Sie, daß er ein großer Kontrastmonteur gewesen ist, er ist überhaupt der Erfinder des theatralischen Kontrastes. Er hat seine Schauspieler ausgepolstert, bis sie Überlebensstärke hatten; sie trugen Schaftstiefel mit dicken Ledersohlen – der Stöckel-Kothurn ist erst später verwendet worden –, und er hat die Masken, die Perücken und die Kostüme mit symbolischem Ausdruck aufgeladen.«

Klawitter stellte sich vor die Reste des Bühnenhauses

und breitete seine kurzen Arme aus. »Hier ist der Bühnenwagen vorgefahren, von Pferden gezogen, meine Herren, und darauf stand der von Troja heimgekehrte Agamemnon mit der Kassandra. Lebende Pferde auf der Bühne, eine heikle Sache, aber dem Aischylos muß auch da was eingefallen sein. Die Skene hatte drei Tore, und aus dem mittleren, dem größten, konnte eine Rollbühne, das Ekkyklema, herausgefahren werden. Das Ding war nicht zum Spaß da – erzählen Sie mir nicht, meine Herren, der Aischylos ist ja so dezent, der läßt die Klytämnestra ihren Agamemnon hinter der Skene erschlagen, und das Publikum hört nur die Todesschreie –, ich bin Regisseur, meine Herren, und mir können Sie nicht erzählen, was ein Regisseur wie Aischylos gemacht hat; Schauspieler war er außerdem und hat gewußt, was Wirkung ist: Er hat die Rollbühne aus dem Mitteltor in die Orchestra gefahren mit den Leichen des Agamemnon und der Kassandra, und die Mörderin stand blutbespritzt dazwischen!« Klawitter rollte eine imaginäre Bühne vor, nahm die Pose der Klytämnestra ein und rezitierte mit dezent angedeutetem Haß: »So schnob am Boden er sein Leben aus!« Dann machte er eine knappe Verbeugung und kam zu uns herüber.

»Eine Räuberpistole«, merkte Dr. Achill vorsichtig an, »ist die ›Orestie‹ ja nun wohl auch nicht.«

»Was wollen Sie!« polterte Klawitter. »Ich bin Regisseur und habe dafür zu sorgen, daß ein Stück ankommt. Aischylos war Autor, Regisseur und Schauspieler, und auch er hat dafür gesorgt, darauf können Sie sich verlassen!«

»Aber die Hellenen des fünften Jahrhunderts hatten ganz andere Voraussetzungen, mythische und kultische«, protestierte Dr. Achill. »Wir können uns das heute kaum noch vorstellen. Dieses Theater war doch Gottesdienst, das ganze Volk hat daran teilgenommen, und den Armen ist der Eintrittspreis aus der Staatskasse ersetzt worden, die Münzen sind noch erhalten.«

»Und warum wohl?« fragte der dänische Zoo-Arzt, der sein weibliches Okapi völlig vergessen hatte. Es war nur eine rhetorische Frage, er beantwortete sie selbst: »Der Staat hatte ein kultisches, also ein politisch-religiöses Interesse am Theater, und er hat auch durchaus nicht das ganze Volk eingeladen, nur die freien Bürger, die Sklaven waren nicht zugelassen. Der Staat hat diese religiösen Feste organisiert: Er stellt die Jury, die die Stücke aussucht, und reiche Bürger finanzieren die Schauspieler, die Kostüme und die Proben. Im Theater wird, wie der Schluß nicht nur der ›Orestie‹ beweist, der Götter-Mythos in den Dienst des Staates gestellt. Und der Staat ist natürlich konservativ, auf die Erhaltung der homerischen Götterwelt bedacht. Die Preise haben Aischylos, Sophokles und Aristophanes davongetragen – Euripides dagegen, der Aufklärer, den Ihr Landsmann Goethe für den größten dieser vier Großen gehalten hat, ist in einem halben Jahrhundert nur viermal mit einem Preis ausgezeichnet worden. Euripides ist ein Skeptiker und ein Psychologe gewesen, er hat begonnen, den staatserhaltenden Mythos aufzulösen. Als subventionierter Tendenzdichter machte er eine beglückend schlechte Figur.«

»Warum sind Sie nur so auf die Auflösung der Götterwelt erpicht?« fragte Dr. Achill. »Sie ist doch das Erhabenste, was der griechische Geist hervorgebracht hat.«

»Ich bin gar nicht auf Auflösung erpicht«, sagte der Däne, »aber das Theater – davon reden wir hier – ist doch erst durch diese Auflösung zum Theater geworden. Vorher war es nur eine dramatisch aufgelockerte Liturgie. Diese Liturgie ist für die Menschen unseres Jahrhunderts nicht mehr nachzuerleben: Sie ist versunken, unwiederbringlich. Geblieben aber ist das reine Theater – und für mich ist dies wichtiger als Ihre museale Erhabenheit. Die wirkliche Entsühnung der Atriden geschah nicht in Delphi und nicht auf dem Areopag – sie geschah bei der Premiere der ›Orestie‹ im Dionysos-Theater, als der Familienfluch zur Bühnenliteratur wurde. Was scherten uns die Atriden, gäbe es nicht die Theaterstücke?«

Dr. Achill wollte wieder protestieren, aber Klawitter zog uns zum Ausgang. »Wo haben Sie bisher gegessen?« fragte er, und als wir unsere Hotels nannten, lachte er roh und versicherte uns, da hätten wir keine Ahnung von einer guten griechischen Mahlzeit. Er kenne eine Taverne in der Altstadt, und wir sollten ihm nur getrost die Regie des Abends überlassen.

Klawitter hatte der Unterhaltung schon nicht mehr zugehört, seitdem das Wort ›Subventionen‹ gefallen war: Solche Fragen wurden von seinem Verwaltungsdirektor geklärt.

Zwischenruf: Wie mache ich mich unbeliebt?

Es ist verblüffend, wie viele Touristen von den heutigen Griechen verlangen, daß sie aussehen wie Achill, kampflustig sind wie Leonidas und weise wie Sokrates. Da sie es meist nur mit Griechen aus der Hotel- und Händlerbranche zu tun haben, geben sie gelegentlich wenigstens zu, daß ihnen die Gerissenheit des Odysseus begegnet sei. Im ganzen aber sind sie enttäuscht: Heimlich, oft ohne es sich selbst einzugestehen, haben sie eine Nation überlebensgroßer homerischer Helden erwartet und statt dessen liebenswürdige Leute vorgefunden, die ungefähr so viel und so wenig Neigung zum Helden haben wie die Touristen selber. Daß die Griechen den Touristen so ähnlich sind: Dies nehmen ihnen die Touristen übel.

Kein Tourist in Nordeuropa erwartet, daß auf paarweise abgestimmten Luren zum Mittagstisch geblasen und das Pferd für den Reiterkrieg zugeritten wird – dies waren die nordischen Neuigkeiten zur Bronzezeit um 1200 vor Christus, als vermutlich Troja fiel. Nur die Griechen sollen noch den Eroberern von Troja gleichen. Die Deutschen finden es dagegen ganz natürlich, daß sie seit Hitlers Ende nicht einmal mehr für Bronzefibeln etwas übrig haben. Das kommt davon, wenn man auf eine allzu große Vergangenheit zurückblicken kann. Denn die Lurenbläser und Reiterkrieger bleiben hinter den homerischen Gesängen doch erheblich zurück: Sie sind kein Gegenstand der lebendigen Literatur geworden und werden deshalb heute nicht mehr erwartet.

Durch nichts macht man sich in Griechenland unbeliebter als durch die beliebten Bemerkungen darüber, wie komisch es sei, daß der Artischockenhändler Aristoteles heiße und dem Aristoteles doch so wenig gleiche, wie man überhaupt niemanden gefunden habe, der dem Aristoteles auch nur ungefähr nahekomme. Und dieses heutige Hellas sei doch eigentlich eine Parodie auf das antike.

Die Griechen sind höflich genug, nicht zu antworten, daß man auch einen Würstchenverkäufer an der Frankfurter Hauptwache als eine Parodie auf Karl den Großen betrachten könnte. Aber sie erwarten doch, daß man ihnen die Antike nicht dauernd wie eine Angriffswaffe an den Kopf wirft.

In Griechenland ist ja nun wie überall auf der Welt seit der Bronzezeit einiges passiert. Die Römer, die Goten und Vandalen haben hier geplündert, Slawen sind eingewandert, die Venezianer und die Franken waren zu ertragen, vierhundert Jahre lang hatten die Türken das Land besetzt, Mussolini und Hitler haben es überfallen – und es ist erstaunlich, ja für den Deutschen beschämend, wie wenig die Griechen davon heute noch reden. So ist es auch durchaus überflüssig, daß der Deutsche nun seine Kriegserinnerungen an das hungernde Athen auspackt. Zwischen 1946 und 1950, als Mittel- und Westeuropa langsam vom Zweiten Weltkrieg genasen, tobte in Griechenland ein blutiger Bürgerkrieg, der, in Mitteleuropa kaum zur Kenntnis genommen, mit einer Niederlage der Kommunisten endete. Dieser Bürgerkrieg ist den Griechen näher als die Eroberung Trojas, wie uns der Zweite Weltkrieg näher ist als Siegfrieds Kampf mit dem Drachen.

Reden wir also mit den griechischen Männern über

Politik – über kein anderes Gebiet reden sie lieber und leidenschaftlicher – und beschränken wir uns, wenn es um griechische Fragen geht, beim Reden darauf, nicht zu reden, sondern zuzuhören. Erweisen wir dem Griechen den gleichen Respekt vor seiner Gegenwart, den jeder andere Zeitgenosse erwarten darf und der dem Griechen nur deshalb so gerne verweigert wird, weil wir seiner Vergangenheit so ziemlich alles verdanken, was uns zu gegenwärtigen Europäern gemacht hat.

Sehen wir uns diskret, aber genau die griechischen Frauen an. Viele sehen aus wie eine knappe Anthologie der griechischen Geschichte: alarichblondes Haar, slawische Augen, hellenisches Profil und eine Figur, die sowohl türkisch als auch bayrisch sein kann. Freuen wir uns über diese ungemein aparte Mischung. Mehr als diese Freude ist uns sowieso nicht gestattet: Die griechische Frau lebt in ihrer Familie, und wer dies nicht respektiert, der macht sich wiederum gründlich unbeliebt.

Wer das Glück hat, in eine griechische Familie eingeladen zu werden, erfährt bestürzend, daß er von Westen nach Osten gegen das Gefälle der europäischen Gastfreundschaft gereist ist. Es wird ihm nicht ein Zimmer zur Verfügung gestellt, sondern eine Wohnung, und in das eine Zimmer zieht sich der Gastgeber zurück. Wenn er sagt, mein Haus gehört Ihnen, so meint er das auch.

Während es beispielsweise in Spanien zur guten Sitte gehört, das auch dort übliche Angebot des Hauses höflich, aber bestimmt abzulehnen, macht man sich hier durch eine Ablehnung unbeliebt. Abgewiesene Gastfreundschaft – finde jemand einen schöneren Grund, einem Fremden böse zu sein!

Das Gastmahl des Barbaren

Als wir die Taverne in der Odós Tripódon betraten – vorneweg Klawitter, der Regisseur, hinter ihm Dr. Achill, der zornige Pädagoge, und der dänische Zoo-Arzt –, dachte keiner von uns an Bollmann, den smarten Herrn mit den falschen Assoziationen und der rechten Nase für das griechische Kamillen-Geschäft.

Ich hatte Bollmann vor Wochen aus den Augen verloren. Damals standen wir vor der hellgekalkten Wand eines Bauernhauses, aus dem zuerst ein Sargdeckel, dann ein offener Sarg mit einem Verstorbenen getragen wurde. Es folgte ein Leichenzug, und als der Pope kam, den mächtigen Bart über dem schwarzen Gewand und das Haar im Nacken zu einem dicken Knoten geschlungen, stellte Bollmann seine Filmkamera ein. Er drehte unschlüssig an der Einstellscheibe und fragte mich schließlich, indem er den Popen anvisierte: »Das ist doch wohl ein dunkles Objekt mit hellem Hintergrund?« Ich unterdrückte mit Mühe die Bemerkung, daß er selbst ein zwar helles Subjekt, doch mit reichlich dunklem Hintergrund sei, und verzog mich in eine Nebenstraße.

Nun tauchte Bollmann in einem Winkel der Taverne auf, wo er mit Mrs. Haller, der weltreisenden Witwe, einen Tisch teilte, stieß ein paar Stühle an, als er auf mich losstürmte, gesund und gebräunt wie ein Dynamitfischer, und fragte mich, ob er die ganze Gesellschaft zum Abendessen einladen dürfe. »Wissen Sie«, sagte er, »es ist mein letzter Abend in Athen, und es ist mir bis jetzt überhaupt noch nicht möglich gewesen, ein bißchen Geld auszugeben. Ich wollte diese Reise ja aus meiner eigenen Tasche bezahlen, aber nun habe ich hier dieses Kamillen-Geschäft aufgetan, eine Agentin angeheuert, sie ist schon unterwegs nach Makedonien, und steuerehrlich wie ich bin, muß ich dies natürlich dem Finanzamt melden. Damit wird meine Bildungsreise zur Geschäftsreise und von der Steuer abgesetzt. Ich kann mir die größte Mühe geben, mein eigenes Geld zu verpulvern – wenn ich das Finanzamt nicht betrügen will, muß ich ihm letzten Endes doch die Unkosten überlassen. Erklären Sie dies bitte Ihren Bekannten.«

»Ich glaube, es genügt«, sagte ich, »wenn ich ihnen erkläre, daß es Ihr letzter Abend in Athen ist und daß Sie uns einen Spaß machen wollen.«

»Wenn Sie meinen«, brummte Bollmann, klatschte in die Hände und wies mit ein paar neugriechischen Brocken die Kellner an, vier Tische zusammenzurücken.

»Ein bißchen Griechisch können Sie auch schon«, sagte ich.

»Sie etwa nicht?« fragte Bollmann verblüfft. »Was haben Sie die ganze Zeit getrieben?« Er wartete keine Antwort ab, sondern erklärte mir unverzüglich seine Methode. Das Alphabet hatte er an Straßenschildern, Reklametafeln und Kinoplakaten gelernt: »Ich sehe ein Plakat mit der Lollobrigida, präge mir die griechische Schreibweise ein, in ihrem Namen kommt der Buchstabe ›lambda‹ allein dreimal vor, das kann man nie wieder vergessen, das müssen Sie doch zugeben. ›Phi‹ und ›xi‹ habe ich beim Biertrinken gelernt: Das übrigens ausgezeichnete Bier heißt ›Fix‹ nach dem Brauer Karl Fuchs, der mit dem bayrischen Otto, dem ersten griechischen König nach den Befreiungskriegen, hierhergekommen ist. ›Fix‹ ist Monopol, das muß ganz schön was abwerfen.«

Die griechischen Redewendungen für den Umgang mit Kellnern hatte er im Umgang mit Bardamen und Bauchtänzerinnen rasch begriffen. Er ließ sich von ihren rotlackierten Nägeln grüne Pistazienkerne zwischen die Lippen schieben und erweiterte dabei seinen Wortschatz rapide. »Bißchen teuer die Methode«, meinte er, »aber dafür strengt sie nicht sehr an.« Dr. Achill nickte anerkennend.

Während Bollmann das Essen bestellte, sah ich mich in

der Taverne um: brauner Steinboden aus unregelmäßigen Platten, eine dünne Schicht Sägemehl darauf, kleine Holztische mit Wachstuchdecken, der Retsina, der gaumenschwere Harzwein, wird in roten Aluminiumbechern serviert, Papierblumen in goldbronzierten Töpfen, Lattengitter trennen die Nischen voneinander, ein Reklamekalender der ›Swissair‹ an der Wand, von der die grüne Ölfarbe herunterblättert – kurz: Dies alles ist

von einer so unprätentiösen Billigkeit, so gar nicht auf ›Atmosphäre‹ gemacht, daß die angenehmste Atmosphäre ganz von selbst entsteht.

Während der Wirt noch hinter der Theke unsere Kalbfleisch-Spieße über dem offenen Feuer drehte, konnten wir dem Salat nicht widerstehen, den Tomaten und Zwiebeln, den dicken schwarzbraunen Oliven und den Kapern. Dr. Achill und der Däne, die ihre grundsätzlichen Meinungsverschiedenheiten begraben hatten, waren schon beim dritten Becher Retsina, Klawitter knabberte mit einem triumphierenden Hab-ich's-nicht-gleich-gesagt die krachligen Pommes frites, und die auf Diät gesetzte Mrs. Haller bekannte sich zur schönen und gesunden mittelmeerischen Sitte des ungenierten Zahnstocher-Kauens. Der Wirt brachte die Spieße, deckte den Teller mit einem zweiten Teller zu und zog die Spieße heraus. Bollmann verhandelte über den nächsten Gang.

»Sie haben ja inzwischen allerhand gelernt«, sagte ich zu ihm. »Was machen denn nun Ihre werten Assoziationen?«

»Hören Sie mich ab!« donnerte Bollmann und zerschmatzte die zarten Erbsen auf dem Gaumen.

»Amphitryon«, sagte ich.

Bollmann schnarrte die Antwort herunter: »A-Hotel in Nafplion – die Stadt, die Sie Nauplia nennen würden – herrlicher Blick aufs Meer – empfehlenswert als Ausgangspunkt für Ausflüge nach Mykenä und Epidauros.« Er sagte übrigens ›Epidaffros‹ wie ein Neugrieche.

»Hermes«, sagte ich.

Bollmann zögerte keine Sekunde: »Geschäftsstraße in Athen, Schuhe und Textilien. Der kluge Mann kauft Landesprodukte, Lammfellpantoffeln und Schafswollteppiche, weiß, kirschrot oder zitronengelb. Lauter

Staubfänger, aber angenehm unter den Füßen und sehr preisgünstig.«

»Danke«, sagte ich, »das genügt.«

»Meiner Frau wird's nicht genügen«, meinte Bollmann, »aber ich nehme sie mal mit hierher, bringe sie morgens um acht ins archäologische Nationalmuseum und werde mir dann sehr überlegen, ob ich sie um 14 Uhr wieder abhole oder dort vereinnahmen lasse.«

Dazu konnte man nicht gut etwas sagen, und Bollmann erwartete auch keine Antwort. Er nahm nun den Fortgang seines Symposions energisch in die Hand und bat die Tafelrunde, jeder möge doch mal erzählen, was ihm in Griechenland am besten gefallen habe. Damit bewies er wieder seine erstaunliche Fähigkeit, seine Umwelt durch profunde Banalitäten in Schwung zu halten.

Abgesang in einer Athener Taverne

Klawitter kam mit gewohnter Schnelligkeit jeder möglichen Antwort zuvor. »Bei mir ist das ganz klar«, sagte er, »ich bin Regisseur, und für mich gibt es natürlich nichts Grandioseres als das Theater in Epidauros. Ich bin die fünfundfünfzig Sitzreihen hinaufgestiegen und habe dabei fünfundfünfzigmal vor mich hingesagt: Es ist das schönste Theater der Welt. Noch heute können hier vierzehntausend Zuschauer sitzen, die oberste Reihe ist zwanzig Meter höher als der Spielkreis der Orchestra, und wenn in der Orchestra eine Münze zu Boden fällt, hört man sie dort oben so deutlich den Sand berühren, als liege man mit dem Ohr daneben. Direkt hinter der obersten Reihe blühen gelbe Lupinen, blauer Rittersporn und rote Glockenblumen.

Wenn man dort sitzt, versteht man, daß dieser Theaterbau eine menschliche Antwort ist auf eine Herausforderung der Natur. Sie hat nämlich ihr Amphitheater genau gegenüber, ihre Orchestra ist eine Wiese mit Ölbäumen, ihre Skene ist aus einer Pinienreihe gebaut, grüne, buschige Hügel türmen sich wie Sitzreihen übereinander, und auf dem dritten Rang des Hochgebirges sitzen die Wolken, saßen vielleicht die Götter und sahen sich die Tragödien des Sophokles an. Für sie allein wurde gespielt – darüber gibt es in Epidauros keinen Zweifel, und das Publikum war dabei nicht mehr als eine Schar ergriffener Zeugen.

Das Theater ist hier ein Teil des Asklepios-Heiligtums, und Asklepios, ein Sohn des Apollon und Stammvater der Ärzte, ist ein ganz junger Gott, der wahrscheinlich mehr von leib-seelischen Beziehungen verstanden hat als wir heute. Er hat den Kranken einen langen

Aufenthalt in seinem Heiligtum verordnet, er hat sie in eine Traumhalle gebettet und im Schlaf geheilt. Und das Theater war ein Teil dieses Heilungsprozesses: die Tragödie als Schocktherapie. In Epidauros ist das Wunder der Heilung geboren worden, und der Geburtshelfer war damals das Theater. Heute ...« Klawitter verjagte mit der rechten Hand eine unsichtbare Fliege und griff zum Becher.

»Ich bitte Sie um Entschuldigung«, sagte Dr. Achill leise, aber bestimmt und trank ihm zu. »Ich habe Sie bisher nur für einen Szenenarrangeur gehalten, verzeihen Sie. Auch für mich gehört Epidauros zum Schönsten, was ich in Griechenland gesehen habe, aber wenn ich an Delphi und an die Akropolis denke, dann kann ich mich doch nicht für das Schönste entscheiden. Ich will Ihnen lieber erzählen, was mir am wenigsten gefallen, ja was mich erschreckt hat. Das war Sparta. Nicht die Landschaft – nein, sie ist überwältigend, die weite Eurotas-Ebene, zweimal im Jahr werden da die Felder unter den Oliven abgeerntet, Apfelsinengärten und Gemüseplantagen, Hochgebirge ringsum, die zweieinhalbtausend Meter hohe Schneekette des Taygetos, aber unten platzt die Erde vor Fruchtbarkeit – dagegen kommt mir Attika wie eine Wüste vor.

Erschreckend ist – lachen Sie nicht – das Museum. Man

findet dort ein paar wunderbare Dinge, Keramik und Elfenbein, aber alles ganz frühe Arbeiten. Nichts, gar nichts von Bedeutung aus der klassischen Zeit, in der das übrige Hellas seine Hochblüte erlebte. Oh, sie waren nicht unbegabt, diese Spartaner, aber nachdem sie Messenien unterworfen hatten, mußten sie es auch halten, und um es halten zu können, mußten sie dieses schauderhafte System erfinden, diese Aussetzung schwacher Kinder, die Erziehungslager, die Männerbünde, die Fememorde und die Geheimpolizei – dieses ewige Kriegslager, in dem die Spartaner ihre eigenen Gefangenen waren, die Unterjochten ihrer eigenen militärischen Macht, und als sie dank dieser Macht die hochgebildeten Athener im Peloponnesischen Krieg endlich besiegt hatten, gingen sie an ihrem eigenen Sieg zugrunde – sie waren der Verantwortung der Macht nicht gewachsen.

Was haben sie hinterlassen? Ein paar Jahreszahlen, die völlig uninteressant gewordene Siege bedeuten – doch kein Kunstwerk, nichts, was mich heute noch berühren könnte. Verstehen Sie, was ich meine – vielleicht wurden sie durch ihre meerferne Lage zur Unterwerfung ihrer messenischen Nachbarn und damit zu dieser militaristischen Existenzform gezwungen, vielleicht – aber das ist gar nicht wichtig. Wichtig ist ihr Beispiel, wie ein begabtes Volk militärische Geschichte machen und dabei geschichtslos werden kann. Denn die Geschichte wird von den Künstlern, den Dichtern und Philosophen geschrieben, nicht von den Offizieren. Sehen Sie sich das heutige Sparta an – Krähwinkel, tiefste Provinz, wie geschaffen für pensionierte Generäle!«

Glücklicherweise kam in diesem Augenblick der Wirt, erkundigte sich nach unserem Appetit und brachte den Ziegenkäse und die Orangen – dieser Dr. Achill wäre sonst imstande gewesen, uns in eine politische Debatte über die Gegenwart zu verstricken.

Epidauros, Sparta und die Perspektiven

»Epidauros und Sparta«, sagte der dänische Zoo-Arzt und erhob sich in seiner ganzen skandinavischen Länge. Er hielt den Becher mit dem Retsina in der rechten Hand und starrte ihn derart konzentriert an, als beziehe er aus ihm seine Formulierungen. »Sparta hat den Faschisten das Modell geliefert, Zuchtwahl und Lager – aus Epidauros holten frühchristliche Maler ihr Modell für den Heiland und Erlöser, sie gaben ihm die Gesichtszüge des Asklepios, des Apollon-Sohns und Wunderheilers. Dem Asklepios schon wurden Danktafeln für wunderbare Heilungen gestiftet wie heute noch den Heiligen der Wallfahrtsorte, die antiken und modernen Heilungsberichte haben so ziemlich den gleichen Text. Sparta und Epidauros, Waffen und Vasen, Wunden und Wunder – das ist doch nur einer dieser extremen Gegensätze, die das alte Hellas entwickelt hat.

Unser Freund Klawitter beispielsweise darf sich für die Heilung durch kultisches Theater begeistern, ich ziehe die hellenische Überwindung des Kults vor. Unser Freund Dr. Achill darf sich für die Allgegenwart des Göttlichen im antiken Alltag begeistern, und bis zu einem gewissen Grad hat er ja auch recht: Das ganze Land ist in mythische Provinzen eingeteilt, ihre Hauptstädte sind die Heiligtümer. In Olympia wurde vorwiegend der Herrscher Zeus verehrt, in Eleusis die bäuerliche Demeter, in Athen die erzgescheite Athene, in Sparta die Artemis, die Zuschauerin bei den Knabengeißelungen, in Delphi Apollon, der Liebling der Künstler und Intellek-

tuellen, in Epidauros der heilende Asklepios, und wir wollen auch Korinth nicht unterschlagen, die mondäne Handelsmetropole der Alten Welt: Sie huldigte dem Kult der Aphrodite, der Göttin nicht der Liebe, sondern der liebesberauschten Körper, mit zehntausend Tempeldirnen, wenn der Geograph Strabo nicht übertrieben hat – das muß für die Athleten und Pilger, die unterwegs nach Olympia und Delphi in Korinth Station gemacht haben, ein ganz schöner Spaß gewesen sein, und Paulus hatte allen Grund, die gänzlich anders geartete christliche Liebe gerade den Korinthern mündlich und brieflich so genau auseinanderzusetzen. Göttliches also überall – mir aber erlauben Sie bitte, daß ich bei allem Respekt die andere griechische Leistung, die entschiedene Hinwendung zum Rationalismus, vorziehe.

Die Gegensätze und das Fragment – das ist es, was mich hier fasziniert. Wie herrlich, daß die antiken Überreste nur noch Überreste sind, zerstört und ausgebleicht. Ich will gar nicht wissen, in welchen Farben die Tempel und Statuen einmal bemalt gewesen sind, und die Götterbilder des Phidias, Gold und Elfenbein, was für eine schreckliche Kombination, stelle ich mir verblüffend, aber wenig anziehend vor. Keine Träne für die verlorenen Denkmäler von Bismarck, Schiller und Max Schmeling in der Antike! Nichts wäre schrecklicher, als wenn wir wirklich genau wüßten, wie es im fünften Jahrhundert vor Christus in Hellas ausgesehen hat!«

Der Däne berauschte sich an seinen Übertreibungen und nahm noch einen begeisternden Schluck. »Im Museum in Delphi haben sie das Schatzhaus der Siphnier sorgfältig rekonstruiert – ein schauderhafter allegorischer Apparat. Davor steht das Bruchstück einer der beiden Karyatiden, die zum Schatzhaus gehören – dieser Torso mit der abgebrochenen Nase und der abgebrochenen Allegorie gehört zum Schönsten, was ich jemals gesehen habe. Ein Segen, diese Zerstörung! Die Größe der antiken Welt, so wie wir sie heute vor uns haben, ist die Größe des vieldeutigen Fragments: Sie hat das Abendland herausgefordert, und sie fordert uns noch heute heraus. Das Fragment gibt jedem das Recht auf seine eigene Antike, und von Vergil bis Jean Anouilh wurde von diesem Recht der glücklichste Gebrauch gemacht. Der Streit um dieses hellenische Bruchstück ist der fruchtbarste Streit, den ich kenne.« Der Däne hob sein Glas zu Bollmann, sagte noch knapp und mit veränderter Stimme »Tak for mad«, danke für das Essen, und setzte sich.

Mrs. Haller, die von den Reden so gut wie nichts verstanden hatte, entledigte sich ihres Zahnstochers, schälte eine Orange, ohne sie in die Hand zu nehmen, nach mittelmeerischer Sitte mit Messer und Gabel und dachte nicht daran, die Zündfäden weiterzuspinnen. »Mir hat eine Bäuerin auf der Insel Ägina am besten gefallen«, sagte sie. »Ich bat sie um ein Glas Wasser, und sie führte mich in ihr Haus. Sie brachte einen Teller mit Oliven, ein Stück Brot und eine Karaffe Wasser. Kein Cocktail und kein Glas Champagner ist mir auf meinem Trip rund um die Welt so herzlich und so unaufdringlich serviert worden, und niemals hat mir Wasser so gut geschmeckt.« Mrs. Haller gabelte ein Stück Orange auf und sagte entschlossen: »Sie reden zu viel über das Heilige vor zweitausend Jahren. Noch heute heilig ist in Griechenland der Gast. Das hat mir am besten gefallen. Dies und die Leute auf der Straße.«

»Bravo«, sagte Bollmann. Wir tranken darauf und auf noch vieles andere.

»Ich komme auf jeden Fall noch mal hierher«, sagte Bollmann, »und nicht nur wegen der Kamille. Dieses

Griechenland bekommt meiner Gesundheit. Was führe ich denn zu Hause für ein Leben?! Mein Hausarzt steht auf dem Schlachthof und wartet auf eine frische Kalbshypophyse, sie wird mir von Zeit zu Zeit zur allgemeinen Zellenauffrischung unter die Bauchhaut implantiert, und den Kalbskopf esse ich anschließend ›en tortue‹, bei mir geht nichts verloren. Ich habe jetzt das fünfzigste Lebensjahr und fünf Millionen überschritten und meine Ulkus-Operation bereits hinter mir. Bis zur zehnten Million habe ich Kreislaufstörungen und anginöse Zustände schon eingeplant, aber der neueste Schlager, die vegetative Dystonie, die kommt bei mir erst nach der fünfzehnten Million in Frage. Verstehen Sie mich recht: Ich will mich nicht beklagen – wer nicht mindestens eine halbe Million auf der Bank hat, kann sich solche exklusiven Zusammenbrüche gar nicht leisten, und wenn man sie kriegt, dann weiß man doch erst richtig, was man wert ist. Aber ich werde mir eine Kur in Griechenland verordnen – da können alle meine Konkurrenten zum großen Tierheim auf Bühlerhöhe fahren – für mich ist Griechenland richtig!«

Wir tranken auch auf die zehnte Million und die vegetative Dystonie, und als wir schließlich – senkrecht zwar, doch innerlich etwas aufgeweicht – auf der Straße nach einem Taxi suchten, hatten wir plötzlich die Akropolis über uns, eine negative Silhouette: von kalkweißen Scheinwerfern aus der Nacht geschnitten.

»Oh, look, brothers, pretty!« rief Mrs. Haller. »It's really wonderful, isn't it?«

»Als Werbechef für den Fremdenverkehr«, meinte der dänische Zoo-Arzt, »macht sich Athene nicht schlecht.«

»Zu hart ausgeleuchtet!« konstatierte Klawitter unzufrieden.

Dr. Achill äußerte gar nichts und gab auch sonst nicht zu erkennen, was er von angestrahltem pentelischem Marmor halte.

»Mensch!« stöhnte Bollmann ergriffen, »wenn man das verkaufen könnte ...«

»Für den humanistischen Nachwuchs«, schlug ich vor, »in Silberpapier und am Stiel.« Doch um diese Stunde war selbst Bollmann für geschäftliche Details nicht mehr zu haben.

Petros Markaris

Hellas Channel

Ein Fall für Kostas Charitos

Roman. Aus dem Neugriechischen
von Michaela Prinzinger

Er hatte Janna Karajorgi, Reporterin für *Hellas Channel*, noch nie ausstehen mögen – sie war überheblich und machte sich bei jeder Pressekonferenz über ihn lustig. Doch nun ist sie tot, ermordet, und er, Kostas Charitos von der Athener Polizei, soll den Fall übernehmen. In einem Griechenland, das Schlauheit mit Bildung verwechselt und Schundromane mit Literatur gleichsetzt, werden Skandalmeldungen nicht in Frage gestellt. Janna Karajorgi war berüchtigt für ihre Skandalreportagen. Wer hatte Angst vor ihren Enthüllungen? Die Albaner, deren obskuren Machenschaften sie auf der Spur war? Der Kinderschänder, den sie an den Pranger gestellt hatte? Die Kollegen, denen Karajorgis Erfolg und Eigenständigkeit zu weit gingen? Der Kommissar führt die Ermittlungen nicht allein, denn auch die Presse will ihn finden: den Mörder der Karajorgi, die nächste quotensichere Sensation.

»Eine Entdeckung! Mit Kommissar Charitos ist eine Figur ins literarische Leben getreten, der man ein langes Wirken wünschen möchte.«
Hans W. Korfmann/Frankfurter Rundschau

»Petros Markaris zeichnet ein lebendiges Bild von der griechischen Gegenwart. Krimi-Freunde müssen diesen neuen Kommissar unbedingt kennenlernen.«
Tinga Horny/Focus, München

»Ein Buch für all jene, für die Schwarz-Weiß zwar in der Fotografie ein interessantes Ausdrucksmittel ist, die sonst jedoch auf Zwischentöne Wert legen, denn zwischen Gut und Böse gibt es viele Abstufungen.«
Robert Streibel/Die Furche, Wien

Luciano De Crescenzo

Geschichte der griechischen Philosophie

Band 1: Die Vorsokratiker

Aus dem Italienischen von Linde Birk

Band 2: Von Sokrates bis Plotin

Deutsch von Linde Birk

Diese Bücher beweisen, daß nicht die Philosophie langweilig ist, sondern höchstens die, die darüber schreiben.

»Philosophen wie du und ich – De Crescenzo hat die *Geschichte der griechischen Philosophie* so unterhaltsam aufbereitet, daß sie ein Bestseller wurde – weil er verständlich schreibt.« *Stern, Hamburg*

»Immer noch gilt vornehmlich im deutschsprachigen akademischen Bereich Schwerfälligkeit und Schwerverständlichkeit als höchstes Indiz für Qualität. De Crescenzo zeigt, wie lebendig und anschaulich Philosophie sein kann.« *Die Furche, Wien*

»Ich bin kein Lästerer, sondern Übersetzer: ich übersezte die Sprache der Intellektuellen in eine normale Sprache.« *Luciano De Crescenzo*

»Wahrhaftig: mal ein Stück fröhlicher Wissenschaft. Bringen Sie mehr von ihm heraus!« *Günther Anders*

Die beiden Bände sind als Sonderausgabe auch in einem Band erhältlich.

Homer

Ilias

Odyssee

Beide Bände in der Übersetzung von
Johann Heinrich Voss,
Edition von Peter Von der Mühll,
mit einem Nachwort von Egon Friedell

»Das schönste, alles umfassende Thema ist die *Odyssee.* Es ist größer, menschlicher als *Hamlet, Don Quixote, Faust.*« *James Joyce*

»Man hat den Autor für einen Bücherwurm und Absonderling gehalten. Das erste mit Unrecht. Zwar liest er unter anderem die Bibel, die großen Dramatiker, die *Bekenntnisse* des Augustin, die *Pickwickier* und *Don Quixote* und hält die *Odyssee* für das schönste der Märchenbücher, aber ein Bücherwurm ist doch ein Tierchen mit ganz anderen Manierchen.«
Wilhelm Busch, Von mir über mich

»Homer ist die Enzyklopädie. Er wußte alles.«
Gustave Flaubert

»In Schlegels Shakespeare und in Vossens Übersetzungen läßt die Sprache ihre Wasserkünste spielen, und *beider* Meisterstück geben dem Wunsche des Verfassers Gewicht: daß überhaupt die Übersetzer wissen möchten, wie viel sie für Klang, Fülle, Reinheit der Sprache, oft sogar mehr als der Urschriftsteller, zu leisten vermögen, da ihnen, wenn dieser über die Sache zuweilen die Sprache vergißt, die Sprache eben die Sache ist.« *Jean Paul*